STEFAN ZWEIG nasceu [...]tz Zweig, rico fabrican[...], de uma família de banqueiros italianos. Estudou filosofia e literatura, e na juventude participou de vanguardas artísticas. A religião não teve muita importância na sua educação. Na década de 1920, publicou seus primeiros livros. Praticou os mais variados gêneros literários – poesia, teatro, biografias romanceadas, crítica literária – e também realizou algumas traduções. Seus contos e novelas curtas, assim como as biografias de artistas e figuras históricas, o tornaram célebre no mundo inteiro. Em 1934, com o recrudescimento do nazifascismo na Europa e a ascensão de Hitler ao poder, Zweig emigrou para a Inglaterra, onde viveu na cidade de Bath, indo morar posteriormente nos Estados Unidos. Em 1941 mudou-se para o Brasil, país que visitara pela primeira vez em 1936; ficara tão fascinado que o transformou no objeto de um de seus livros mais conhecidos, *Brasil, um país do futuro*, publicado em português em 1941 (as edições norte-americana, alemã, sueca, portuguesa, francesa e espanhola não tardaram a sair). Desesperançado com o rumo da política europeia e com o futuro da cultura de língua alemã, e sentindo-se incapaz de recomeçar uma nova existência, em 23 de fevereiro de 1942, Zweig cometeu suicídio, junto com a sua segunda mulher, Charlotte Elisabeth Altmann (mais conhecida como Lotte), na casa dos dois, em Petrópolis. A carta de despedida diz o seguinte:

"Antes de abandonar a vida por vontade própria e em plena lucidez, sinto necessidade de cumprir um último dever: agradecer profundamente ao Brasil, este maravilhoso país que me proporcionou, assim como ao meu trabalho, um descanso tão amigável e tão hospitaleiro. Um dia após o outro aprendi a amá-lo mais e mais e em nenhuma outra parte eu teria preferido construir uma nova existência, agora que o mundo da minha língua materna desapareceu para mim e que a minha pátria espiritual, a Europa, destruiu a si própria.

"Mas com mais de sessenta anos seria necessário ter forças extraordinárias para recomeçar totalmente a vida. E as minhas esgotaram-se devido aos longos anos de errância. Além disso, creio que vale mais pôr um fim a tempo, e de cabeça erguida, a uma existência na qual o trabalho intelectual sempre foi a alegria mais pura e a liberdade individual, o bem supremo deste mundo.

"Saúdo todos os meus amigos. Que eles possam ver ainda a aurora após a longa noite! Eu sou por demais impaciente, parto antes deles".

Sua obra é muito extensa, e alguns de seus textos ficcionais mais conhecidos são *A confusão de sentimentos*, *24 horas na vida de uma mulher* e *A embriaguez da metamorfose*. Entre as várias exitosas biografias que escreveu, podem-se citar as de *Nietzsche*, *Maria Antonieta*, *Erasmo* e *Balzac*.

Livros do autor na Coleção **L&PM** POCKET

24 horas na vida de uma mulher
Brasil, um país do futuro
Medo e outras histórias

Stefan Zweig

24 HORAS NA VIDA DE UMA MULHER

Tradução de Lya Luft

www.lpm.com.br

COLEÇÃO 96 PÁGINAS

Coleção **L&PM** POCKET, vol. 589

Texto de acordo com a nova ortografia.
Título original: *Vierundzwanzig Stunden aus dem Leben einer Frau*

Primeira edição na Coleção **L&PM** POCKET: abril de 2007
Esta reimpressão: abril de 2025

Tradução: Lya Luft (Publicada mediante acordo com a Editora Record Ltda).
Capa: Ivan Pinheiro Machado. *Ilustração*: iStock
Revisão: Gabriela Koza e Jó Saldanha

CIP-Brasil. Catalogação na fonte
Sindicato Nacional dos Editores de Livros, RJ.

Z96v
Zweig, Stefan, 1881-1942
  24 horas na vida de uma mulher / Stefan Zweig; tradução de Lya Luft. – Porto Alegre, RS: L&PM, 2025.
  96p. – (Coleção L&PM POCKET; v. 589)

  Tradução de: *Vierundzwanzig Stunden aus dem Leben einer Frau*
  ISBN 978-85-254-1537-0

  1. Novela alemã. I. Luft, Lya, 1938-. II. Título. III. Série.

| 07-0483. | CDD: 833 |
| | CDU: 821.112.2-3 |

© desta edição, L&PM Editores, 2025

Todos os direitos desta edição reservados a L&PM Editores
Rua Comendador Coruja 314, loja 9 – Floresta – 90.220-180
Porto Alegre – RS – Brasil / Fone: 51.3225.5777

Pedidos & Depto. Comercial: vendas@lpm.com.br
Fale conosco: info@lpm.com.br
www.lpm.com.br

Impresso no Brasil
Outono de 2025

Uma discussão violenta rompera em nossa mesa na pequena pensão da Riviera em que eu morava, dez anos antes da Guerra, e ameaçava acabar em uma briga raivosa, até o ódio e as ofensas. A maior parte das pessoas tem a fantasia embotada. O que não as toca diretamente, o que não atinge duramente seus sentidos com sua ponta afiada quase não as excita. Mas se acontece diante de seus olhos, bem perto da sua emoção, ainda que seja algo insignificante, logo desencadeia nelas uma paixão desmedida. Então de certa forma substituem a rara simpatia por uma veemência exagerada e inadequada.

Isso acontecia em nosso grupo à mesa, inteiramente burguês, que habitualmente cultivava um *small talk* pacífico e superficial, fazendo pequenas brincadeiras entre si e em geral desfazendo-se logo que terminava a refeição: o casal alemão saía para passeios e fotografias amadorísticas, o pacato dinamarquês fazia tediosas pescarias, a dama aristocrática inglesa dedicava-se a seus livros, o casal italiano escapava para Monte Carlo, e eu ficava madornando numa cadeira de jardim ou trabalhava. Mas dessa vez todos ficamos enredados uns nos outros por causa dessa discussão encarniçada. E se algum de nós de repente se levantava de um salto, não era como de costume para se despedir com gentileza, mas numa indignação que, como já relatei, assumia formas raivosas.

O fato que instigara de tal modo nosso pequeno grupo à mesa era bastante singular. A pensão em que nós sete morávamos parecia, de fora, uma *villa* isolada – ah, era maravilhosa a vista das janelas para a praia com seus rochedos pontudos! –, mas na verdade não passava de um anexo bem-cuidado do grande Palace Hotel, ligado a ele diretamente pelo jardim, de modo que nós, os moradores do lado, vivíamos em constante convívio com os hóspedes dele. No dia anterior, dera-se no hotel um escândalo perfeito.

No trem do meio-dia chegara, às 12h20 (não posso deixar de informar o tempo com precisão porque é importante para o episódio e para o tema de nossa alterada conversa), um jovem francês, que alugara um quarto de frente para a praia, com vista para o mar: em si mesmo o fato já indicava sua situação bastante confortável. Mas não era apenas sua discreta elegância que o tornava agradavelmente chamativo, era sobretudo sua extraordinária e simpática beleza: em um estreito rosto feminino, a barba loura e sedosa emoldurava lábios quentes e sensuais, sobre a testa branca enroscava-se um macio cabelo castanho e ondulado, olhos doces acariciavam a cada olhar – tudo nele era suave e lisonjeiro, ele era amável por natureza, mas sem qualquer artificialismo ou afetação. Se de longe, no começo, recordava aquelas figuras de gesso rosadas vaidosamente recostadas nas vitrines de grandes lojas, representando o ideal de beleza masculina com bengala na mão, de perto desfazia-se essa impressão marota, pois ali (caso raríssimo!) a amabilidade era natural e inata. Ao passar ele cumprimentava cada um de modo a um só tempo modesto e cordial, e era realmente agradável observar sua graça manifestando-se em cada oportunidade, sem nada de forçado. Levantava-se depressa quando uma dama ia até a chapelaria pegar seu manto, tinha um olhar caloroso ou uma brincadeira para todas as crianças, era a um tempo fácil de conviver e discreto – em resumo, parecia uma dessas pessoas abençoadas que sempre transformam em elegância a segurança de saber que agradam aos demais por seu rosto claro e encanto juvenil. Entre os hóspedes em geral idosos e enfermiços do hotel sua presença era um benefício, e com aquele passo vitorioso da juventude, aquele sopro de leveza e frescor vital, a graça tão magnificamente concedida a algumas criaturas, ele conquistara irresistivelmente a simpatia de todos.

    Duas horas depois de sua chegada já jogava tênis com as duas filhas do corpulento e pacato industrial de Lyon: Annette, de doze anos, e Blanche, de treze, enquanto a mãe das duas, Madame Henriette, delicada, fina e reservada, olhava sorrindo quando, numa coqueteria inconsciente, as duas filhinhas flertavam com o jovem estrangeiro. À noite ele nos fez companhia durante uma hora no jogo de xadrez, contou de maneira nada importuna algumas anedotas simpáticas e andou longo tempo de um lado para o outro no terraço com Madame Henriette, enquanto o marido dela jogava dominó com um sócio, como sempre; mais tarde eu o vi ainda conversar numa intimidade suspeita com a secretária do hotel na sombra do escritório.

Na manhã seguinte ele acompanhou meu parceiro dinamarquês na pescaria, mostrou um extraordinário conhecimento do assunto, depois conversou longamente sobre política com o industrial de Lyon, e foi com certeza um bom interlocutor, pois ouvia-se a larga risada do gordo cavalheiro soar por cima da maré. Depois do almoço – insisto em que é essencial para o entendimento da situação que eu relate precisamente em seus horários todas essas fases – sentou-se mais uma vez sozinho no jardim com Madame Henriette por uma hora, bebendo café, voltou a jogar tênis com as filhas dela, conversou com o casal alemão no saguão. Às seis, quando fui despachar uma carta, eu o encontrei na estação de trens. Veio ao meu encontro, apressado, relatando, como se tivesse que se desculpar, que fora repentinamente chamado mas em dois dias estaria de volta. Realmente à noite ele fez falta na sala de jantar, mas faltou apenas em pessoa, pois em todas as mesas só se falava nele, louvando o seu jeito agradável e alegre.

Por volta das onze horas, achava-me sentado em meu quarto terminando de ler um livro, quando de repente escutei pela janela aberta gritos e chamados no jardim, enquanto do outro lado, no hotel, começava a haver uma visível agitação. Mais inquieto do que curioso, corri imediatamente os cinquenta passos até lá e encontrei hóspedes e funcionários numa agitação confusa. Enquanto o marido jogava dominó com seu amigo de Namur, pontualmente como sempre, a sra. Henriette não voltara de seu habitual passeio da tarde pelo terraço junto da praia, de modo que temiam algum acidente. O homem, costumeiramente tão pacato e pesadão, corria como um touro pela praia, e, quando gritava "Henriette! Henriette!" na noite, com a voz alterada pelo nervosismo, esse som tinha algo de medonho e primitivo, como um gigantesco animal ferido de morte. Garçons e mensageiros corriam nervosos escadas acima e abaixo, todos os hóspedes foram acordados, e telefonaram para a gendarmaria. Mas, enquanto isso, aquele senhor gordo tropeçava e pateava por ali com seu colete aberto, soluçando insensatamente e chamando pelo nome de "Henriette! Henriette!". As crianças tinham acordado lá em cima, em suas camisolas chamavam pela mãe da janela, e o pai resolveu subir para confortá-las.

Então aconteceu algo tão terrível que mal consigo relatar, porque a natureza que se manifesta intensamente nos momentos de excesso muitas vezes confere às pessoas uma expressão tão trágica que nem imagem nem palavra conseguem reproduzir isso com a mesma força, igual à de um raio súbito. De repente o homem largo e pesadão desceu os degraus que gemiam, com o rosto totalmente mudado, cansado e mesmo assim furioso. Tinha uma carta na mão.

– Chame todo mundo de volta! – disse ao chefe dos funcionários, com voz quase irreconhecível. – Chame todo mundo de volta, não é mais necessário procurar. Minha mulher me abandonou.

Havia na postura daquele homem mortalmente ferido uma atitude de sobre-humana tensão diante das pessoas ao seu redor, que se agrupavam curiosas olhando para ele, e agora, cada qual de repente assustado, envergonhado e confuso, afastavam-se dele. Ele só teve forças para passar por nós sem fitar ninguém, cambaleando, e apagar a luz na sala de leitura; então ouvimos o pesado e maciço corpo desabar numa poltrona e escutamos soluços selvagens e animalescos, como só pode chorar um homem que nunca antes chorou. E aquela dor elementar nos deixou a todos atordoados, mesmo os mais simples. Nenhum dos garçons, nenhum dos hóspedes que haviam chegado por curiosidade ousou um sorriso ou uma palavra de piedade. Mudos, como que envergonhados diante dessa esmagadora explosão de sentimento, nós nos esgueiramos um após o outro de volta aos nossos quartos, e aquela criatura derrotada na sala escura ficou se debatendo e soluçando inteiramente sozinha na casa, que lentamente se apagava murmurando, cochichando e sussurrando baixinho.

Entende-se que um acontecimento tão rápido, ocorrido diante de nossos olhos e sentidos, excitasse fortemente pessoas habituadas ao tédio e a passatempos despreocupados. Mas aquela discussão tão veemente em nossa mesa, que se intensificou chegando quase ao limite, teve nesse espantoso incidente apenas seu ponto de partida, e era na sua essência uma discussão fundamental, um contraste indignado de concepções de vida entre-hostis. Pela indiscrição de uma criada que lera a carta – o marido totalmente desnorteado, numa raiva impotente, tinha amassado e jogado o papel em algum lugar no chão – logo se ficou sabendo que a sra. Henriette não fora embora sozinha, mas com aquele jovem francês (a simpatia por ele começou a desaparecer depressa na maior parte de nós).

À primeira vista seria bem compreensível que essa pequena Madame Bovary trocasse seu pacato e provinciano marido por um jovem elegante e bonito. Mas o que deixou a casa toda tão agitada era que nem o industrial, nem suas filhas, nem mesmo a sra. Henriette tivessem conhecido aquele Lovelace antes, e que portanto aquela conversa de duas horas à tardinha no terraço e o café de uma hora no jardim houvessem bastado para fazer uma impecável mulher de 33 anos deixar marido e duas filhinhas do dia para a noite, para ir atrás de um jovem elegante totalmente desconhecido. Nossa mesa rejeitava, unanimemente, essa circunstância aparentemente óbvia, como engano pérfido e manobra astuciosa do casal amoroso: naturalmente a sra. Henriette há muito conhecia o jovem, tinha com ele uma relação secreta, e o vigarista só viera até ali para combinar os últimos detalhes da fuga, pois – deduzia-se – era totalmente impossível uma mulher decente simplesmente sair correndo ao primeiro sinal de alguém que só conhecera por duas horas. Eu me divertia sendo de opinião diferente, e defendi energicamente essa possibilidade, até a probabilidade de que um decepcionante e monótono casamento de vários anos podia levar uma mulher a tomar uma atitude enérgica. Com essa minha inesperada oposição, a discussão logo se generalizou e ficou mais agitada, especialmente porque os dois casais, o alemão e o italiano, consideravam a existência do *coup de foudre** uma tolice, uma fantasia novelesca de mau gosto, repelindo-a com um desdém ofensivo.

Não vale a pena relatar aqui em seus detalhes o curso tempestuoso de uma briga entre sopa e pudim: só profissionais da *table d'hôte*** são espirituosos, e argumentos aos quais se recorre no calor de uma briga de mesa são geralmente banais porque apanhados às pressas e com a mão esquerda. Também é difícil explicar como nossa discussão assumiu tão rapidamente aqueles contornos ofensivos; penso que a hostilidade começou porque involuntariamente os dois maridos queriam confirmar que suas mulheres estavam inteiramente excluídas da possibilidade de tais perigos. Infelizmente não encontraram jeito mais feliz do que acusar-me, dizendo que só podia falar assim quem avaliava a psique feminina segundo conquistas casuais e baratas feitas por solteirões. Isso me irritou um pouco, mas quando a dama alemã cobriu essa lição com sua mostarda pedagógica dizendo que havia mulheres de verdade e outras que eram "naturezas de prostituta", às quais, na opinião dela, devia pertencer a sra. Henriette, eu também me tornei agressivo.

Toda essa recusa do fato óbvio de que em muitas horas de sua vida uma mulher pode ficar à mercê de forças além de sua vontade e consciência

---

* Amor à primeira vista. Em francês no original. (N.E.)
** Literalmente, "mesa do anfitrião". Hotelaria. (N.E.)

apenas disfarçava o medo do próprio instinto, do demoníaco em nossa natureza, e certas pessoas pareciam gostar de se julgar mais fortes, mais morais e mais puras do que as "fáceis de seduzir". Quanto a mim, eu consideraria mais honroso uma mulher seguir livre e apaixonadamente os seus instintos, em vez de, como era habitual, trair o marido nos braços dele, fechando os olhos. Foi mais ou menos isso o que eu disse, e quanto mais os outros atacavam a pobre sra. Henriette no diálogo agora encrespado, tanto mais apaixonadamente eu a defendia (na verdade bem além de meu próprio sentimento interior). Esse entusiasmo foi – como se diz em gíria de estudantes – combustível para os dois casais, e, quarteto pouco harmonioso, atacaram-me tão unidos que o velho dinamarquês, parecendo um juiz de rosto jovial mas ao mesmo tempo segurando o cronômetro na mão como numa partida de futebol, teve de bater na mesa chamando nossa atenção:

– *Gentlemen, please.**

Mas isso só adiantou por um instante. Um dos senhores já saltara da mesa três vezes com o rosto rubro, e só com dificuldade a mulher o fizera retomar o controle – em suma, mais alguns minutos, e nossa discussão teria acabado em agressão física, se de repente Mrs. C. não tivesse alisado as ondas espumantes da conversa com um óleo suavizante.

---

* "Senhores, por favor". Em inglês no original. (N.E.)

Mrs. C., velha dama inglesa distinta e de cabelos brancos, presidia involuntariamente a nossa mesa. Sentada ereta em seu lugar, voltando-se para todos com equilibrada amabilidade, silenciosa mas agradavelmente interessada, até no físico ela era uma visão benfazeja: um maravilhoso controle e calma irradiavam de sua natureza aristocrática. Sempre ficava relativamente afastada de todos no hotel, embora com seu fino tato fosse amável com todos; em geral a víamos sentada com um livro no jardim, às vezes tocava piano, e raramente era vista em grupo ou em alguma conversa mais intensa. Mal a percebíamos, e mesmo assim tinha um singular poder sobre todos nós. Pois assim que interveio pela primeira vez em nosso diálogo tivemos a penosa sensação de termos falado alto demais e muito descontroladamente.

Mrs. C. aproveitou o intervalo hostil que surgiu quando o senhor alemão saltou bruscamente da cadeira e sentou-se de novo. Ela levantou inesperadamente seu olhar cinzento e claro, contemplou-me por um instante, indecisa, para assimilar melhor o tema.

– Então, se compreendi bem, o senhor acha que a sra. Henriette... que uma mulher pode ser lançada inocentemente em uma aventura inesperada, que há acontecimentos que uma mulher assim teria julgado impossíveis uma hora antes, e pelos quais dificilmente pode ser julgada responsável.

– Acredito absolutamente nisso, minha senhora.

– Mas então qualquer julgamento moral seria absurdo, e toda infração da moral estaria justificada. Se o senhor realmente acha que o *crime passionnel*, como dizem os franceses, não é crime, para que existe uma justiça pública? Não é preciso muito boa vontade, e o senhor tem uma dose espantosa de boa vontade – acrescentou ela sorrindo de leve –, para ver em todo crime uma paixão e desculpá-lo graças a essa paixão.

O tom claro e quase alegre de suas palavras me fez um bem enorme, e involuntariamente, imitando sua maneira, respondi também entre sério e brincalhão:

– A justiça pública decide bem mais severamente sobre essas coisas do que eu; ela tem o dever de proteger implacavelmente a moral geral e as convenções: isso a obriga a julgar em vez de desculpar. Mas eu, como pessoa privada, não vejo por que deveria assumir livremente o papel de promotor público. Prefiro ser defensor. Pessoalmente tenho mais alegria em compreender as pessoas do que em julgá-las.

Mrs. C. fitou-me de frente por um momento com seus claros olhos cinzentos, e hesitou. Eu já temia que ela tivesse me entendido mal, e me preparava para repetir em inglês o que dissera. Mas com uma gravidade singular, como se estivesse realizando algum exame, ela continuou fazendo suas perguntas.

– O senhor não acha desprezível, ou feio, que uma mulher abandone o marido e duas filhas para seguir uma pessoa que nem sabe se é digna do seu amor? Pode realmente desculpar um procedimento tão negligente e leviano em uma mulher que já não é das mais jovens e que deveria respeitar-se pelo menos por causa das filhas?

– Eu repito, minha senhora – insisti –, que me recuso a julgá-la ou condená-la. Diante da senhora posso reconhecer tranquilamente que exagerei um pouco – essa pobre sra. Henriette certamente não é uma heroína, nem uma natureza aventureira, e menos ainda uma grande amorosa. Até onde a conheci, ela me parece apenas uma mulher mediana e fraca, pela qual sinto um pouco de respeito por ter seguido corajosamente sua vontade, pela qual lamento muito mais porque certamente amanhã, se não hoje mesmo, será profundamente infeliz. Talvez ela tenha cometido uma tolice, talvez tenha agido precipitadamente, mas nunca com baixeza ou vulgaridade, e continuo negando a todos o direito de desprezarem essa pobre mulher.

– E o senhor pessoalmente tem por ela ainda o mesmo respeito e a mesma consideração que tinha antes? Não faz nenhuma diferença entre a mulher com quem conviveu como mulher honrada e a que ontem fugiu com um sujeito estranho?

– Nem uma. Nem a mínima, sinceramente.

– *Is that so?** – involuntariamente agora ela falava inglês: parecia estar especialmente interessada no assunto.

Depois de um breve instante de reflexão, ergueu outra vez para mim seu olhar claro e interrogativo. – E se amanhã o senhor encontrasse Madame Henriette, digamos em Nice, no braço daquele jovem, ainda a cumprimentaria?

– Mas é claro.

– E falaria com ela?

– Naturalmente.

– E se... se o senhor fosse casado, apresentaria uma tal mulher à sua esposa como se nada tivesse acontecido?

– Mas claro.

– *Would you really?*** – disse ela outra vez em inglês, cheia de um espanto incrédulo e admirado.

– *Surely I would**** – respondi, inconscientemente também em inglês.

Mrs. C. calou-se. Parecia ainda refletir intensamente, e de repente, fitando-me também espantada com sua própria coragem, ela disse:

– *I don't know if I would. Perhaps I might do it also.*****

---

* "É verdade?". Em inglês no original. (N.E.)

** "Apresentaria, mesmo?". Em inglês no original. (N.E.)

*** "Claro que sim". Em inglês no original. (N.E.)

**** "Não sei se eu o faria. Talvez sim." Em inglês no original. (N.E.)

E com aquela indescritível segurança com que os ingleses encerram um diálogo de maneira definitiva mas sem grosseria, ela se levantou e ofereceu-me amavelmente a mão. Por sua influência, a calma voltara entre nós, e intimamente todos lhe agradecíamos, porque, há pouco ainda adversários, agora nos cumprimentávamos cortesmente e a atmosfera perigosa se desfez de novo em algumas brincadeiras leves.

●

Embora aparentemente nossa discussão tivesse terminado em termos cavalheirescos, aquele amargor deixou um leve estranhamento entre meus oponentes e eu. O casal alemão ficou mais reservado, enquanto o italiano passou a me perguntar repetidas vezes em tom zombeteiro se eu tivera notícias da *"cara signora* Henrietta". Por mais que nossas maneiras parecessem civilizadas, algo do ameno espírito social de nossa mesa estava indelevelmente perturbado. A frieza irônica de meus adversários tornava-se mais evidente pela especial cordialidade que Mrs. C. passou a me dedicar depois daquela discussão. Normalmente muito reservada e dificilmente conversando com seus companheiros de mesa fora das refeições, agora encontrava várias oportunidades para falar comigo no jardim, e, eu quase diria, distinguindo-me com isso, pois suas maneiras finas e reservadas faziam com que um diálogo particular com ela parecesse um favor especial. Sim, para ser honesto, devo dizer que ela realmente me procurava e aproveitava todas as ocasiões para falar comigo, e de modo tão óbvio que eu poderia ter ideias singulares se não se tratasse de uma velha dama de cabelos brancos. Sempre que conversávamos ela voltava inevitavelmente àquele ponto de partida: Madame Henriette; parecia proporcionar-lhe um prazer misterioso acusar a leviana de ser pouco confiável e de espírito fraco. Mas ao mesmo tempo parecia gostar de minha inabalável simpatia por aquela mulher delicada e fina, e nada podia me fazer negar isso. Ela sempre conduzia nossas conversas nessa direção, até que por fim eu não soube mais o que pensar dessa insistência estranha e quase maníaca.

Isso durou alguns dias, cinco ou seis, sem que ela traísse com uma só palavra o motivo por que essa conversa era tão importante para ela. Mas vi com clareza que era assim quando num passeio mencionei por acaso que minha temporada ali estava findando e que eu pensava viajar dois dias depois. Então seu rosto habitualmente sereno assumiu uma expressão singularmente tensa, algo como uma sombra de nuvens passou-lhe pelos olhos cinzentos como o mar:

– Que pena! Eu queria tanto conversar mais com o senhor.

E a partir desse momento certa distração e nervosismo revelaram, enquanto falava comigo, que estava pensando em outra coisa que a ocupava intensamente e a desviava. Por fim a distração pareceu incomodá-la, pois após um súbito silêncio ela me estendeu inesperadamente a mão:

– Vejo que não consigo dizer com franqueza o que estou querendo lhe dizer. Prefiro escrever.

E rumou para a casa, com o passo mais rápido do que o habitual.

Com efeito, à noite, pouco antes do jantar, encontrei em meu quarto uma carta em sua letra enérgica e clara. Infelizmente fui leviano em relação aos documentos escritos da minha juventude, de modo que não posso reproduzir textualmente a carta, apenas repetir mais ou menos as palavras e o fato de ela ter me perguntado se podia me contar algo de sua vida. Escreveu-me que o episódio a que se referia era tão remoto que na verdade quase não pertencia mais à sua vida atual. O fato de eu viajar dali a dois dias tornava mais fácil para ela falar sobre algo que a torturava e ocupava interiormente havia mais de vinte anos. Caso eu não considerasse aquela conversa importuna, ela gostaria de me pedir uma hora.

A carta, da qual menciono aqui apenas o conteúdo, fascinou-me: só o inglês já lhe conferia uma grande clareza e determinação. Mesmo assim não foi fácil responder, rasguei três rascunhos antes de rabiscar:

"É uma honra para mim que a senhora me conceda tamanha confiança e prometo responder-lhe honestamente, caso me peça isso. Naturalmente não posso lhe pedir que me conte mais do que deseja. Mas o que vier a contar será com veracidade a si mesma e a mim. Por favor, acredite que considero sua confiança uma honra muito especial".

À noite o bilhete foi parar no quarto dela, e na manhã seguinte encontrei a resposta:

"O senhor tem toda a razão: meia verdade não vale nada, só a verdade inteira. Reunirei todas as minhas forças para não esconder nada de mim mesma nem do senhor. Venha ao meu quarto depois do jantar – aos 67 anos não preciso recear mal-entendidos –, pois no jardim ou perto de pessoas não poderei falar. Acredite, não foi fácil tomar esta decisão".

De dia ainda nos encontramos à mesa e conversamos comportadamente sobre coisas indiferentes. Mas já no jardim, encontrando-me, ela se esquivou visivelmente perturbada, e considerei penoso e comovente a um só tempo ver essa velha dama de cabelos brancos fugir de mim por uma alameda de pinheiros, tímida como uma donzela.

À noite bati na sua porta na hora combinada, e ela abriu imediatamente: o quarto estava na penumbra, só a pequena luz do abajur na mesa lançava um cone amarelo no aposento escuro. Mrs. C. veio até mim sem inibição, ofereceu-me uma poltrona e sentou-se à minha frente: cada um desses movimentos, pude sentir, fora preparado interiormente, mas mesmo assim houve uma pausa, obviamente contra a vontade dela, uma pausa de grave decisão que se tornava cada vez mais longa mas que não ousei quebrar com uma palavra, pois sentia que ali uma vontade forte lutava contra uma forte resistência. Do salão lá embaixo vinham por vezes sons quebrados de uma valsa, e escutei atento a fim de remover daquele silêncio um pouco da sua opressão. Ela também pareceu achar opressiva a tensão pouco natural desse silêncio, pois de repente concentrou-se para dar o salto e começou:

"Só a primeira palavra é difícil. Há dois dias venho me preparando para ser clara e verdadeira: espero conseguir. Talvez o senhor ainda não entenda por que conto tudo isso a um estranho, mas não se passa um dia, nem uma hora quase, sem que eu deixe de pensar nesse determinado fato, e pode acreditar numa velha mulher quando digo que é insuportável fitar a vida inteira um único ponto da existência, um único dia. Pois tudo que lhe contarei cabe no curso de um dia, apenas 24 horas dentro de 67 anos, e eu mesma me disse, com enlouquecedora frequência: que importa ter uma vez agido com insensatez? Mas a gente não se liberta disso que chamamos, com uma palavra muito vaga, de consciência, e na ocasião em que o ouvi falar tão objetivamente no caso Henriette, pensei que talvez esta lembrança insensata e esta permanente autoacusação teriam um fim, se eu me decidisse de uma vez a falar livremente com alguém sobre esse único dia de minha vida. Se eu não fosse anglicana mas católica, há muito a confissão me teria proporcionado a oportunidade de aliviar em palavras isto que ficou calado – mas esse consolo nos é negado, e assim hoje faço a estranha tentativa de me absolver falando com o senhor. Sei que tudo isso é muito estranho, mas o senhor aceitou sem hesitar a minha sugestão, e eu lhe agradeço por isso.

"Portanto, eu já lhe disse que desejo relatar apenas um dia de minha vida – todo o resto me parece sem importância, e monótono para qualquer outra pessoa. O que aconteceu até os meus 42 anos não ultrapassa em nada o habitual. Meus pais eram nobres rurais ricos na Escócia, possuíamos grandes fábricas e terras arrendadas, e segundo o costume da nobreza passávamos boa parte do ano em nossas propriedades e a temporada em Londres. Aos dezoito anos conheci meu marido em uma festa, era o segundo filho da conhecida família dos R. e passara dez anos servindo o exército na Índia. Casamos rapidamente e vivemos a vida despreocupada de nosso meio social, um quarto do ano em Londres, um quarto em nossas propriedades, o resto em hotéis na Itália, Espanha e França. Nunca a mais leve sombra perturbou nosso casamento, os dois filhos que tivemos são hoje adultos. Quando eu estava com quarenta anos meu marido morreu de repente. Pegara uma doença do fígado em seus anos nos trópicos: eu o perdi em duas pavorosas semanas. Meu filho mais velho já estava no exército, o mais moço na faculdade – assim, do dia para a noite fiquei num vazio total, e para mim, habituada ao mais doce convívio, essa solidão foi uma tortura horrível. Achei que seria impossível ficar na casa abandonada em que cada objeto me recordava a trágica perda de meu amado marido, de modo que decidi passar os anos seguintes viajando muito, enquanto meus filhos fossem solteiros.

"No fundo, a partir daquele instante considerei minha vida totalmente inútil e sem sentido. O homem com quem durante 23 anos eu passara todas as horas e compartilhara todos os pensamentos estava morto, meus filhos não precisavam de mim, tive medo de perturbar a juventude deles com minha melancolia e tristeza – e para mim mesma eu não desejava nada mais. Primeiro fui a Paris, onde por puro tédio ia às lojas e aos museus. Mas a cidade e suas coisas me pareciam estranhas, e eu fugia das pessoas porque não suportava a piedade e gentileza com que olhavam para os meus trajes de luto. Eu já não saberia dizer como se passaram aqueles meses vagando feito uma cigana: sei apenas que queria morrer, mas não tinha forças para apressar o que tanto desejava.

"No segundo ano de luto, portanto aos 42 anos de vida, nessa não admitida fuga de um tempo agora sem valor, em março acabei em Monte Carlo. Falando honestamente: foi por tédio, por aquele doloroso vazio interior, inchando como náusea, que queria se nutrir pelo menos com pequenas excitações exteriores. Quanto menos coisas se agitavam dentro de mim, tanto mais intensamente eu era atraída pelos lugares onde a vida girava mais velozmente. Para quem nada sente, a apaixonada agitação dos outros é afinal uma experiência para os nervos, como a música ou o teatro.

"Também por isso eu ia seguidamente ao cassino. Excitava-me ver no rosto dos outros a alegria ou a consternação, segundo os caprichos da sorte, quando dentro de mim mesma tudo era um horrendo deserto. Além disso, sem ser leviano, meu marido às vezes gostava de entrar numa sala de jogo, e eu continuava, como por uma espécie de ato piedoso, vivendo todos os seus antigos hábitos. Lá começaram então aquelas 24 horas mais excitantes do que todo o jogo e que perturbaram meu destino por muitos anos futuros.

"Ao meio-dia eu almoçara com a duquesa de M., parente de minha família, e depois do jantar ainda não estava suficientemente cansada para dormir. Portanto fui ao salão de jogos, vaguei entre as mesas sem jogar, e contemplava de maneira especial a parceria ali reunida. Digo de maneira especial, pois era a que meu falecido marido me ensinara quando eu, cansada de assistir, me queixava de que era monótono olhar sempre os mesmos rostos, as velhas mulheres enrugadas horas a fio em suas poltronas antes de arriscarem um lance, os profissionais calejados e as coquetes do carteado, toda aquela sociedade duvidosa ali reunida que, o senhor sabe, é bem menos pitoresca e romântica do que aquilo que os romances ruins afirmam ser a *fleur d'élégance**, e a aristocracia da Europa. E há vinte anos, quando ainda rolava por ali dinheiro concreto e visível, e se confundiam as notas farfalhantes, os napoleões de ouro e as grossas peças de cinco francos, o cassino era infinitamente mais fascinante do que hoje, pois naquela fortaleza de jogo construída com a pompa então na moda um garantido público viajante esfarelava entediado suas descaracterizadas fichas de jogo.

"Mas já naquele tempo eu achava pouco encanto nesses rostos indiferentes, até que meu marido, cuja paixão privada era a quiromancia, a leitura das mãos, me ensinou um modo bem especial de assistir, muito mais interessante, mais excitante e tenso do que ficar por ali parada e indiferente, e era: nunca olhar os rostos mas apenas o retângulo da mesa e, nesse retângulo, apenas as mãos das pessoas e seu comportamento particu-

---

* "A flor da elegância". Em francês no original. (N.E.)

lar. Não sei se o senhor já tentou ver apenas aquelas mesas verdes, apenas aquela pista verde onde no centro a bola salta de número em número como se estivesse bêbada e, dentro dos campos separados, caem como sementes pedaços de papel, moedas de ouro ou prata redondas, que o ancinho do crupiê remove num movimento brusco ou empilha diante do ganhador. Nessa perspectiva, a única coisa que muda são as mãos – as muitas mãos claras, móveis, expectantes em torno da mesa verde, cada uma brotando de outra cavidade da manga, cada uma um animal predador pronto para saltar, cada uma com outro formato e outra coloração, muitas nuas, outras como anéis e pulseiras tilintantes, muitas peludas como de animais selvagens, algumas úmidas e sinuosas como enguias, mas todas tensas e vibrando de uma gigantesca impaciência. E involuntariamente eu sempre pensava numa pista de corrida onde os cavalos excitados são controlados com dificuldade para não dispararem antes do tempo; exatamente assim tremem e vibram e se rebelam essas mãos.

"A gente reconhece tudo nelas, na maneira como esperam, como seguram e param: o cobiçoso se revela na mão em garra, o esbanjador, na mão frouxa, o calculista, na mão calma, o desesperado, no pulso trêmulo; centenas de caracteres se traem com a rapidez do raio no gesto de apanhar o dinheiro, amassando ou esfregando nervosamente, ou, exaustos, deixando-o por ali com mãos fatigadas enquanto a roda gira. O ser humano se revela no jogo, um lugar-comum, eu sei; mas digo que mais nitidamente ainda o trai no jogo a sua própria mão. Pois todos ou quase todos os jogadores em breve aprendem a controlar o rosto – no alto, por cima do colarinho, usam a máscara fria da *impassibilité*–, controlam os sulcos e as rugas em torno da boca e contêm o nervosismo atrás dos dentes cerrados, negam aos próprios olhos a inquietação visível, alisam os músculos do rosto mostrando uma indiferença artificial e estilizada. Mas exatamente porque toda a sua atenção se concentra crispadamente em dominar o rosto como a parte mais visível de sua natureza, esquecem as mãos, e esquecem que há pessoas que observam unicamente essas mãos, adivinhando nelas tudo o que em cima os lábios sorridentes e os olhares intencionalmente indiferentes querem ocultar.

"A mão, porém, revela despudoradamente o seu segredo. Pois sempre chega um momento em que todos esses dedos forçadamente controlados, aparentemente adormecidos, saem de sua aristocrática negligência: no segundo em que a bola da roleta cai em sua pequena casa e é proclamada a quantia ganha, nesse segundo cada uma dessas cem ou quinhentas mãos faz involuntariamente um gesto bem pessoal, bem individual, de instinto primitivo. E quando, como eu, ensinada por essa predileção de meu marido, alguém se habituou a observar essa arena de mãos, o rompante sempre diverso e sempre inesperado dos sempre diversos temperamentos é mais excitante do que o teatro ou a música: nem lhe posso descrever quantos milhares de tipos de mãos existem no jogo, bestas selvagens com dedos peludos e recurvados que agarram o dinheiro como aranhas, mãos nervosas e trêmulas de unhas pálidas que mal se atrevem a pegar nele, mãos nobres e vulgares, brutais e tímidas, astutas e hesitantes – mas cada uma com um efeito diferente, pois cada um desses pares de mãos expressa uma vida especial, com exceção daquelas quatro ou cinco dos crupiês. Pois esses são máquinas, funcionam com sua precisão objetiva e totalmente apartada daquelas vivas como a engrenagem de aço de uma registradora. Mas até mesmo essas mãos sóbrias são, por sua vez, espantosas no contraste com suas irmãs caçadoras e apaixonadas: eu poderia dizer que usam outro uniforme, como policiais no meio do tumulto popular entusiástico e agitado. E além disso há o interesse pessoal de após alguns dias estar familiarizado com os muitos hábitos e paixões de cada uma dessas mãos.

"Depois de alguns dias eu já tinha entre elas algumas conhecidas e, assim como fazemos com as pessoas, eu as dividia em simpáticas e hostis: algumas me eram tão repulsivas em sua malignidade e ganância que eu sempre desviava o olhar como de algo indecente. Mas cada mão nova era uma experiência e motivo de curiosidade para mim: muitas vezes eu esquecia de fitar por cima delas o rosto lá no alto, fechado em um colarinho, fria máscara social plantada imóvel sobre o *smoking* ou um peito cintilante.

"Quando entrei naquela noite, passando por duas mesas lotadas até uma terceira, já preparando algumas moedas de ouro, ouvi surpresa, naquela pausa sem palavras, tensa e ao mesmo tempo reboando do silêncio que sempre surge quando a bola, mortalmente exausta, apenas cambaleia entre dois números, um rumor totalmente singular exatamente do outro lado, o ranger e o estalar de juntas quebradas. E então vi – na verdade, assustada! – duas mãos como nunca vira, direita e esquerda entrelaçadas crispadamente como animais encarniçados, que se esticavam e agarravam numa tamanha tensão acumulada que os nós dos dedos estalavam com aquele ruído seco de uma noz partida. Eram mãos de singular beleza, de um comprimento incomum, de uma incomum estreiteza e cobertas de músculos firmes – muito brancas, as unhas pálidas nas pontas, de madrepérola, delicadamente arredondadas.

"Eu as contemplei pelo resto da noite – sim, olhava-as com espanto, essas mãos extraordinárias, realmente únicas –, mas o que então me surpreendeu e assustou foi a paixão, sua expressão loucamente passional, esse entrelaçar-se, lutar e segurar-se convulsivamente. Logo percebi que ali estava uma pessoa que continha nas pontas dos dedos toda a sua paixão, para não rebentar com ela. E então... no segundo em que a bola caiu numa das casas com um tom seco e duro, e o crupiê gritou a quantia... nesse segundo de repente as duas mãos se separaram como animais varados pela mesma bala. Tombaram as duas, realmente mortas, não só exaustas, desabaram com uma tão plástica expressão de abatimento, de decepção, de terem sido atingidas por um raio, de terem chegado ao fim, que nem sei expressar isso com palavras. Pois nunca antes nem depois vi mãos tão expressivas, em que cada músculo era boca, e a paixão quase transbordava dos poros. Por um momento ficaram deitadas na mesa verde como medusas lançadas fora da água, achatadas e mortas. Depois uma delas, a direita, começou a se reerguer laboriosamente partindo das pontas dos dedos, tremeu, retraiu-se, girou sobre si mesma, vacilou, circulou e de repente pegou nervosamente uma ficha que rodou insegura entre o polegar e o indicador, como uma rodinha. E de repente ela se ergueu como uma pantera que alteia o dorso, e disparou, sim, cuspiu a ficha de cem francos no meio do campo negro. Imediatamente, como a um sinal, a excitação dominou a mão esquerda que dormia apática; ela se levantou, esgueirou-se, sim, rastejou em direção à sua irmã que tremia cansada daquele lance, e agora as duas jaziam lado a lado, batiam as juntas como dentes febris, tremendo sobre a mesa – não, eu nunca vira mãos tão incrivelmente expressivas, numa forma tão espasmódica de tensão e excitação. Todo o resto naquele salão abobadado, a zoeira das salas, o grito de mercador dos crupiês, o ir e vir das pessoas e da própria bola que agora, lançada do alto, saltava feito doida na sua redonda gaiola lisa como um assoalho – toda essa colorida variedade de impressões que zumbiam e sibilavam me pareceu subitamente morta e hirta ao lado daquelas duas mãos trêmulas, que respiravam, arquejavam, esperavam, sentiam frio, calafrios, essas duas mãos inauditas que eu fitava enfeitiçada.

"Mas por fim não aguentei mais: tinha de ver a pessoa, o rosto a que pertenciam aquelas mãos mágicas, e então, temeroso – sim, eu tinha medo daquelas mãos! –, temeroso o meu olhar foi subindo pelas mangas e os ombros estreitos. E novamente me assustei, pois aquele rosto falava a mesma linguagem desenfreada, fantasticamente tensa das mãos, partilhava da mesma tensão terrível e encarniçada e da mesma delicada beleza quase feminina. Eu nunca vira um rosto desses, um rosto tão fora de si e removido de si mesmo, e tive a oportunidade de contemplá-lo como a uma máscara, uma escultura sem olhos: aquele olho possesso não se afastava por um segundo nem à direita nem à esquerda: negra, uma bola de vidro morta, a pupila aparecia sob as pálpebras escancaradas, reflexo espelhado daquela outra bola cor de mogno que coleava e saltava, loucamente eufórica, na redonda caixa da roleta. Nunca, repito, vira um rosto tão tenso e tão fascinante.

"Ele pertencia a um homem moço, de uns 24 anos, era estreito, delicado, um pouco alongado e por isso tão expressivo. Exatamente como as mãos, não era inteiramente viril, antes o de um menino apaixonadamente entregue a um brinquedo. Mas tudo isso eu só notei mais tarde, pois naquele instante preciso o rosto estava inteiramente velado por uma expressão de ganância e fúria. A boca estreita levemente entreaberta revelava um pouco os dentes: podia-se ver, a dez passos dele, como batiam febrilmente enquanto os lábios permaneciam rigidamente abertos. Uma madeixa de cabelo louro claro estava grudada em sua testa, caíra sobre ela como em alguém que estivesse caindo, e em torno das narinas tremulava um frêmito constante, como se pequenas ondas invisíveis corressem debaixo da sua pele. E essa cabeça inclinada para diante avançava inconscientemente, dava a sensação de que ele estava sendo arrastado com o giro da pequena bola; só então entendi o convulsivo aperto das mãos: apenas apertando uma contra a outra, apenas com essa crispação ele ainda mantinha o equilíbrio daquele corpo que tombava para fora do seu centro. Devo repetir mais uma vez que eu nunca vira um rosto assim, no qual a paixão irrompia tão abertamente, de maneira tão animalesca, tão despudoradamente nua, e eu olhava fixamente aquele rosto... tão fascinada e presa pela possessão dele quanto os olhares dele estavam presos ao salto e ao giro da bola.

"A partir daquele segundo nada mais notei no salão, tudo me parecia opaco, baço e diluído, escuro comparado ao fogo que nascia daquele rosto, e por cima de todas as pessoas eu o observei talvez durante uma hora, só aquela única pessoa e cada um de seus gestos: como a luz ofuscante faiscava em seus olhos, o novelo convulsivo das mãos agora se abria como uma explosão e os dedos se espalmavam, trêmulos, quando o crupiê empurrou para o seu gesto cobiçoso vinte peças de ouro. Nesse instante o rosto se iluminou e ficou muito jovem, as rugas se desfizeram, os olhos começaram a brilhar, o corpo convulsionado e hirto endireitou-se claro e leve – de repente ele estava sentado, frouxo como um cavaleiro, impelido pela sensação de triunfo, os dedos vaidosos e apaixonados fazendo tilintar as moedas redondas batendo-as umas nas outras, fazendo-as dançar e soar como num jogo. Depois ele voltou novamente a cabeça inquieta, olhou a mesa verde com narinas frementes farejando como um jovem cão de caça que procura o rastro certo, para de repente, num único gesto brusco, despejar todas as moedas de ouro sobre um dos retângulos. E imediatamente recomeçou aquele espreitar, aquela tensão. Novamente brotaram dos lábios aquelas ondas elétricas trêmulas, novamente as mãos se crispavam, o rosto de adolescente desapareceu atrás da lasciva espera, até que a tensão fremente se desfez numa decepção. O rosto há pouco de um menino excitado murchou, ficou velho e macilento, os olhos baços e apagados, tudo isso num segundo, quando a bola caiu num número errado. Ele tinha perdido: por alguns instantes olhou fixamente, quase um olhar apalermado, como se não tivesse entendido; mas imediatamente, quando o crupiê deu seu grito de alerta, os dedos voltaram a agarrar algumas moedas de ouro. Mas ele perdera a segurança, primeiro colocou as moedas num campo, depois, mudando de ideia, em outro, e quando a bola já rolava, seguindo uma ideia súbita jogou com mão trêmula mais duas notas de dinheiro amassadas no quadrado.

"Essa crispada alternância de perda e ganho durou sem intervalos mais ou menos uma hora, e durante essa hora não afastei um momento meu olhar fascinado daquele rosto sempre em mutação, sobre o qual jorravam e desapareciam todas as paixões. Não desviei os olhos daquelas mãos mágicas que repetiam em cada músculo a escala das sensações, como fontes que sobem e descem. Nunca no teatro fitei com tamanha atenção o rosto de um ator como olhei aquele semblante, onde, como luz e sombra sobre uma paisagem, ocorria uma incessante alternância de todas as cores e sentimentos. Nunca segui um jogo com tamanha intensidade como no reflexo daquela estranha excitação. Se alguém me observasse nesse instante teria considerado meu olhar fixo como uma hipnose, meu estado se parecia com isso – eu simplesmente não conseguia afastar os olhos daquela expressão facial, e tudo o mais que havia no salão, luzes, rostos, pessoas e olhares, apenas me envolvia sem forma como uma fumaça amarela no meio da qual estava aquele rosto, chama entre chamas. Eu não ouvia nada, nada sentia, não percebia gente ao meu lado, outras mãos que se estendiam de repente como antenas. Para jogar ou pegar dinheiro. Eu não via a bola nem escutava a voz do crupiê, mas via como num sonho tudo o que estava acontecendo, espelhado e intensificado naquela sua excitação desmedida. Pois se a bola caía no vermelho ou no negro, se rolava ou parava, eu não precisava olhar para a roleta para saber isso: cada fase, perda ou ganho, expectativa e decepção, rasgava-se em fogo em cada nervo e gesto daquele rosto varado de paixão.

"Mas então chegou um momento terrível – um momento que eu receara vagamente todo aquele tempo, que pairava sobre meus nervos como uma tempestade iminente, e de repente os abriu ao meio. A bola retornara mais uma vez para a cova redonda com aquela voltinha pequena e cambaleante, mais uma vez aquele segundo em que duzentos lábios seguravam a respiração, até que a voz do crupiê anunciasse, desta vez, zero – enquanto seu apressado ancinho recolhia de todos os lados as moedas tilintantes e o crepitante papel. Nesse momento as duas mãos crispadas fizeram um movimento singularmente assustado, pularam ao mesmo tempo para apanhar rapidamente algo que não estava ali e, em seguida, apenas pela força da gravidade tombaram mortalmente cansadas sobre a mesa. Mas reviveram ainda uma vez, correram febrilmente da mesa para o próprio corpo, escalaram como gatos selvagens pelo tronco acima, embaixo, à direita e à esquerda, entraram nervosamente em todos os bolsos para ver se algum dinheiro não se ocultava ali. Mas sempre retornavam vazias e cada vez mais acaloradamente renovavam aquela busca insensata e inútil, enquanto a roleta voltara a girar, o jogo dos outros prosseguia, moedas tilintavam, cadeiras eram empurradas, e os pequenos ruídos compostos de centenas de variações zumbiam pela sala. Eu tremia, sacudida de horror: partilhava de tudo aquilo tão vivamente como se fossem meus aqueles dedos que procuravam desesperadamente qualquer dinheiro nos bolsos e em volumes da roupa amarfanhada. E de repente, com um único movimento brusco, a pessoa à minha frente se ergueu – como alguém se levanta quando inesperadamente se sente mal, em busca de ar. A cadeira atrás dele caiu no chão com estrondo. Mas, sem perceber, sem dar atenção aos vizinhos que se esquivaram tímidos e espantados, ele se afastou da mesa com passo incerto.

"Fiquei petrificada. Pois logo compreendi para onde ia essa pessoa: ia para a morte. Quem se levantava daquele jeito não voltaria à hospedaria, não iria à taverna nem ao encontro de uma mulher, não entraria num vagão de trem ou em qualquer lugar onde pulsasse a vida, mas precipitaria-se diretamente no insondável. Até o mais calejado naquela sala dos infernos teria de reconhecer que aquele homem não tinha amparo em casa ou no banco ou com os parentes, mas que estivera sentado ali apostando seu último dinheiro e sua vida, e agora saía aos tropeções não para qualquer lugar, mas para fora da vida. Era o que eu receava, desde o primeiro instante sentira magicamente que ali havia um jogo maior do que o das perdas e ganhos, mas mesmo assim feriu-me como um raio negro ver a vida escoar de seus olhos e a morte recobrir pálida aquele rosto há pouco ainda tão vivo. Involuntariamente – tanto me sentia dominada pelos gestos plásticos dele – tive de me segurar com força enquanto aquele homem se afastava cambaleando, pois esse cambalear agora penetrava meu corpo, vindo do seu, assim como antes acontecera com a tensão em suas veias e nervos. Mas então aquilo me *arrastou*, tive de ir atrás dele; sem querer meus pés avançaram. Totalmente inconsciente, não era eu que estava fazendo aquilo, mas algo que acontecia em mim. Sem prestar atenção em ninguém, sem sentir a mim mesma, corri pelo corredor até o saguão.

"Ele estava na chapelaria, o criado lhe trouxera o manto, mas seus braços não lhe obedeciam mais: assim o criado o ajudou a vestir a roupa como a um paralítico. Vi quando botou mecanicamente a mão no bolso do colete para dar uma gorjeta ao outro, mas os dedos apalparam e saíram vazios. Então de repente ele pareceu lembrar-se de tudo, gaguejou constrangido alguma coisa ao criado e, exatamente como antes, num repelão, conseguiu ir adiante para logo depois, como um ébrio, cambalear nos degraus da entrada do cassino, de onde o criado ainda o fitou longo tempo, primeiro com um sorriso desdenhoso, depois compreensivo.

"Esse gesto foi tão chocante que senti vergonha de estar vendo aquilo. Involuntariamente virei-me para o lado, constrangida por ter assistido, como do camarote de um teatro, ao desespero de um estranho. Mas depois, de repente, subiu em mim outra vez aquela angústia incompreensível. Pedi depressa meu casaco e, sem pensar em nada definido, mecanicamente, impulsivamente, saí atrás daquele estranho na escuridão."

●

Mrs. C. interrompeu seu relato por um instante. Estivera sentada imóvel à minha frente, falando quase sem pausas com a calma e a objetividade que lhe eram próprias, como fala alguém que se preparou interiormente e ordenou com cuidado os acontecimentos. Tinha-se interrompido pela primeira vez, hesitou e de repente deixou de lado a narrativa e dirigiu-se diretamente a mim, um pouco inquieta:

"Prometi ao senhor e a mim mesma contar com a maior sinceridade todos os fatos. Peço que acredite inteiramente nessa minha sinceridade e não atribua às minhas ações motivos ocultos dos quais eu hoje talvez não me envergonhasse, mas neste caso seriam suspeitas infundadas. Portanto devo enfatizar que, se fui atrás daquele jogador alquebrado na rua, não estava apaixonada por esse moço nem pensava nele como num homem, e com efeito, com mais de quarenta anos na época, depois da morte de meu marido nunca mais deitara os olhos em qualquer homem. Aquilo tinha passado *definitivamente* para mim: faço questão de insistir neste ponto, porque de outro jeito o senhor não poderia entender tudo o que houve de terrível depois. De outro lado me seria difícil dar um nome claro ao sentimento que aquela vez me fez seguir aquele infeliz: era em parte curiosidade, mas sobretudo um terrível medo, ou melhor, medo *de* algo terrível que eu sentira desde o primeiro segundo pairar como uma nuvem ao redor daquele jovem. Mas esses sentimentos não se podem desmontar e analisar, especialmente porque chegam misturados, fortes demais, rápidos demais, espontâneos demais – provavelmente eu apenas fiz o gesto instintivo de ajuda com que se puxa uma criança que quer correr na frente de um carro numa rua. Ou talvez por esse impulso que leva pessoas que não sabem nadar a saltarem de uma ponte para salvar um afogado. São simplesmente impelidas por alguma força antes de terem tempo para refletir sobre a insensata audácia da sua ação; exatamente assim, sem pensar, sem refletir conscientemente, segui o infeliz, quando este deixou a sala de jogo, até o saguão e dali até o terraço.

"E estou certa de que nem o senhor nem qualquer outra pessoa alerta e sensível poderiam ter escapado dessa curiosidade assustada, pois não havia visão mais sinistra do que aquele jovem de no máximo 24 anos arrastando-se com dificuldade como um ancião, cambaleante como um bêbado, as pernas frouxas, da escada até o terraço da rua. Lá deixou-se cair num banco, como um saco. Novamente, com um calafrio, senti que aquele homem estava no fim. Só um morto, ou quem já não se prende à vida nem por um fio, se abandona assim. A cabeça, entortada, caíra sobre o encosto, os braços pendiam soltos para o chão, na penumbra dos lampiões bruxuleantes qualquer passante o tomaria por alguém que levara um tiro. E assim – não posso mais explicar como essa visão subitamente surgiu em mim, mas de repente estava lá, tão palpável, terrível e tremendamente verdadeira – eu o vi diante de mim nesse segundo como alguém que tivesse levado um tiro, compreendi que ele trazia um revólver no bolso e que no dia seguinte encontrariam esse vulto naquele banco ou em outro, inerte e coberto de sangue. Pois tinha desabado no banco como uma pedra que cai nas profundezas e só para quando chegar ao fundo. Nunca vi a fadiga e o desespero assim reunidos numa postura física.

"Agora imagine a minha situação: eu estava vinte ou trinta passos atrás daquele banco com o rapaz imóvel e alquebrado, sem saber o que fazer, de um lado impelida pelo desejo de ajudar e, de outro, reprimida pela timidez aprendida e herdada que me proibia de falar com um estranho na rua. Os lampiões a gás bruxuleavam fracos no céu coberto de nuvens, raramente passava algum vulto apressado, pois era quase meia-noite, e eu estava praticamente sozinha no parque com aquele suicida em potencial. Cinco, dez vezes eu me preparara para ir até ele, sempre interdita pela vergonha, ou talvez por aquele instinto que me fazia pressentir, profundamente, que os que tombam gostam de arrastar consigo quem os ajuda – e no meio desse ir e vir senti claramente o absurdo e o ridículo da situação. Mesmo assim não consegui falar nem ir embora, fazer algo ou deixá-lo ali. Espero que acredite em mim se lhe digo que andei indecisa de um lado a outro naquele terraço talvez uma hora, uma hora interminável, enquanto milhares e milhares de pequenas ondas do mar invisível rasgavam o tempo, tanto me intimidava e me prendia a imagem do total aniquilamento de um ser humano.

"Mas não encontrava coragem para uma palavra ou uma ação, e talvez tivesse ficado ali parada esperando metade da noite, ou até mesmo um egoísmo defensivo me tivesse feito ir para casa – creio até que já estava resolvida a deixar em seu desmaio aquele montinho de miséria –, se algo superior não houvesse decidido contra minha hesitação. Começou a chover. A noite toda o vento acumulara sobre o mar pesadas nuvens de primavera, sentia-se no pulmão e no coração que o céu pressionava para baixo. Caiu então uma gota, e já a chuva forte desabava rajadas grossas fustigadas pelo vento. Involuntariamente refugiei-me sob a marquise de um quiosque, e, embora abrisse o guarda-chuva, as rajadas lançavam água contra meu vestido. Senti até no rosto e nas mãos a poeira fria das gotas que respingavam ao cair no chão.

"Mas – foi um momento tão terrível que ainda hoje, duas décadas depois, a lembrança fica trancada em minha garganta – naquela tromba--d'água o pobre homem continuava absolutamente imóvel em seu banco. A água escorria e gorgolejava de todas as calhas, ouviam-se carruagens trovejando na cidade, vultos fugiam dos dois lados com os mantos protegendo a cabeça; tudo o que estava vivo se encolhia assustado, fugia, escapava, procurava abrigo, pessoas e animais tinham medo do elemento desencadeado. Só aquele monte de gente vestido de preto no banco não se movia. Disse-lhe antes que esse homem tinha o dom mágico de transmitir as suas emoções plasticamente, por movimentos e gestos. Mas nada, nada neste mundo poderia expressar tão intensamente o desespero, a total rendição, a morte em vida, como aquela imobilidade, aquele estar sentado ali sem se mexer e sem sentir sob a chuva forte que desabava, aquele cansaço que o impedia de se levantar e andar os poucos passos até o teto protetor, essa indiferença derradeira com relação ao próprio ser. Nenhum escultor, nenhum escritor, nem Miguel Ângelo nem Dante jamais me fizeram sentir tão arrebatadoramente a máxima desgraça na terra como aquele homem que se deixava inundar de chuva, cansado demais, lasso demais para um único gesto que o poderia proteger.

"Isso me arrastou para lá, não pude evitar. Corri pela chuva e sacudi aquele ser humano encharcado, fazendo-o levantar-se do banco.

"– Vamos, venha!

"Peguei seu braço. Ele ergueu os olhos com dificuldade. Lentamente, seu corpo parecia ganhar algum movimento, mas ele não me compreendia.

"– Venha! – repeti, puxando-o de novo pela manga molhada, quase zangada. Então ele se levantou lentamente, sem vontade, cambaleando.

"– O que deseja? – perguntou, e eu não tinha resposta, pois não sabia o que fazer com ele. Precisava sair daquela chuvarada, daquele estado insensato e suicida de extremo desespero. Não larguei o braço dele; puxei o homem até o quiosque onde uma marquise estreita o protegia pelo menos um pouco do ataque furioso da chuva soprada pelo vento. Eu não tive outra ideia além dessa, não queria nada. Só queria puxar aquela pessoa para debaixo de um teto, para um lugar seco: até ali não pensara em nada mais.

"Assim ficamos os dois parados naquela estreita faixa seca, atrás de nós a parede fechada da barraquinha do quiosque, sobre nós apenas o telhadinho sob o qual a chuva insaciável nos batia insidiosamente no rosto e na roupa como se fossem farrapos molhados. A situação ficou insuportável. Eu não podia mais ficar ali parada junto daquele homem estranho, todo encharcado. Por outro lado, depois de o ter puxado até ali, não podia simplesmente deixá-lo plantado sem dizer uma palavra. Alguma coisa tinha de acontecer; aos poucos obriguei-me a raciocinar com clareza. Pensei: o melhor é levá-lo para casa de carro e depois ir para casa também. Amanhã ele saberá pedir ajuda. Assim, perguntei a ele, que estava imóvel do meu lado olhando fixamente a noite tempestuosa:

"– Onde é a sua casa?

"– Não tenho casa... cheguei ontem à noite de Nice, não tenho aonde ir.

"Não compreendi logo a última frase. Só mais tarde entendi que ele me julgava uma... uma prostituta, uma dessas mulheres que à noite andam em bandos ao redor do cassino esperando arrancar dinheiro de jogadores com sorte ou bêbados. Afinal, que mais pensaria ele, se só agora, que lhe relato tudo, me dou conta do improvável, do fantástico de minha situação... que mais podia pensar de mim, se o jeito como o arrastei do banco e carreguei comigo não era o de uma dama? Mas esse pensamento não me ocorreu logo. Só mais tarde, tarde demais, comecei a ter uma ideia do terrível mal-entendido em relação à minha pessoa. Pois de outro modo jamais teria dito as palavras que lhe disse logo em seguida, reforçando o engano dele:

"– Então teremos de pegar um quarto num hotel. O senhor não pode ficar aqui. Tem de conseguir um lugar.

"Mas imediatamente percebi todo o equívoco. Ele nem se virou para mim, apenas recusou com expressão irônica:

"– Não, não preciso de quarto, não preciso de mais nada. Não se esforce porque não tenho nada para você tirar. Procurou a pessoa errada, eu não tenho dinheiro.

"E repetiu isso com uma expressão terrível, uma chocante indiferença. E o fato de ele estar ali parado, recostado na parede, inerte, todo molhado, encharcado, exaurido internamente, me abalou tanto que não tive tempo para ficar ofendida. Apenas senti o que já sentira no primeiro instante em que o vira cambalear para fora do salão. Ali estava à beira da morte um ser humano jovem, vivo, respirando, e eu *tinha* de salvá-lo. Cheguei mais perto dele.

"– Não se importe com dinheiro, venha! Não pode ficar aqui, eu lhe arranjarei um lugar. Não se importe com nada, venha comigo!

"Ele virou a cabeça, e senti que, enquanto a chuva desabava com ruído abafado sobre nós e o beiral despejava sobre nossos pés o aguaceiro, no meio do escuro ele pela primeira vez tentava ver meu rosto. O corpo também pareceu despertar lentamente da sua letargia.

"– Bom, como você queira – disse ele, cedendo. – Para mim, tanto faz... Afinal, por que não? Vamos.

"Abri a sombrinha, ele parou-se ao meu lado e me pegou debaixo do braço. Aquela súbita familiaridade me foi desagradável, me deixou horrorizada, assustei-me até o fundo do coração. Mas não tive coragem de proibir-lhe nada; pois se agora eu o rejeitasse ele cairia no vazio, e tudo o que eu até ali tentara teria sido em vão. Andamos os poucos passos de volta ao cassino. Só então me dava conta de que eu nem sabia o que fazer com ele. Pensei depressa que o melhor seria levá-lo a um hotel, dar-lhe ali algum dinheiro para que pudesse passar a noite e no dia seguinte viajar para casa: não pensei mais que isso. E como agora aparecessem carruagens apressadas diante do cassino, chamei uma delas e subimos. Quando o cocheiro perguntou aonde íamos, no começo eu não soube o que dizer. De repente, lembrando-me de que aquele homem encharcado junto de mim não seria aceito em nenhum bom hotel, mas, por outro lado, por ser uma mulher totalmente inexperiente, não me tivesse soado como nada de ambíguo, disse ao cocheiro:

"– Qualquer hotel barato!

"Inteiramente molhado pela chuva, o cocheiro, indiferente, instigou os cavalos. O estranho a meu lado não disse uma palavra, as rodas matraquearam, a chuva golpeava fortemente a proteção contra as vidraças; naquele retângulo escuro parecendo um caixão, eu me sentia como alguém que conduz um cadáver. Tentei refletir, encontrar alguma palavra para abrandar o estranho e assustador daquele mudo convívio, mas nada me ocorria. Alguns minutos depois a carruagem parou, desci primeiro, paguei o cocheiro enquanto ele, também tonto de sono, fechava a porta da carruagem. Agora estávamos diante da porta de um pequeno hotel estranho, sobre nós a marquise de vidro oferecia uma pequena proteção contra a chuva que varava com terrível monotonia a noite escura.

"Cedendo ao próprio peso, o estranho encostara-se na parede e de seu chapéu molhado, de suas roupas amassadas, escorria a água da chuva. Parecia um bêbado ainda atordoado que alguém tirou de um rio, e em torno do lugar onde se recostava formava-se um riachinho. Mas ele não fez nenhum esforço para sacudir a roupa molhada, nem para tirar o chapéu de onde as gotas corriam persistentes sobre a testa e o rosto. Estava ali parado, totalmente indiferente, e não posso lhe dizer o quanto aquela fragilidade me abalou.

"Mas era preciso fazer alguma coisa. Botei a mão em minha bolsa:

"– Aqui tem cem francos – disse eu –, pegue um quarto e amanhã volte para Nice.

"Ele ergueu os olhos espantado:

"– Eu o observei no salão de jogos – insisti, notando sua hesitação. – Sei que perdeu tudo e receio que estava a caminho de cometer alguma tolice. Não é vergonha aceitar uma ajuda... Olhe aqui, pegue!

"Ele afastou minha mão com uma energia que eu não lhe teria atribuído.

"– Você é uma boa moça – disse ele –, mas não desperdice seu dinheiro. Não há mais como me ajudar. Se ainda vou dormir ou não esta noite é totalmente indiferente. Amanhã de qualquer jeito tudo estará acabado. Não há como me ajudar.

"– Não, o senhor tem de aceitar – insisti –, amanhã vai pensar diferente. Agora suba, durma, de dia as coisas têm outra cara.

"E como eu tentasse novamente lhe dar o dinheiro, ele afastou minha mão quase com violência.

"– Deixe disso – repetiu em tom abafado –, não tem sentido. É melhor resolver isso lá fora do que sujar tudo aqui dentro com meu sangue. Cem francos não me adiantarão em nada, nem mil. Amanhã eu voltaria ao salão de jogos com os últimos francos e só pararia quando tudo tivesse terminado. Para que recomeçar? Para mim, chega.

"O senhor não pode imaginar o quanto aquele tom soturno entrou na minha alma; mas imagine isto: a dois palmos de você um ser humano jovem, vivo, respirando, e a gente sabe que se não juntar todas as forças em duas horas essa vida jovem será um cadáver. Então também senti raiva, ira, necessidade de vencer aquela resistência absurda. Peguei-o pelo braço:

"– Agora chega de bobagem! O senhor vai subir imediatamente e pegar um quarto, e amanhã de manhã eu mesma venho e o levo até o trem. O senhor tem de ir embora daqui, tem de ir para casa amanhã mesmo, e não vou descansar enquanto eu mesma não o vir no trem com a passagem na mão. Não se bota a vida fora quando se é tão jovem, só porque se acabou de perder algumas centenas ou milhares de francos.

Isso é covardia, é histeria tola, causada pela raiva e a amargura. Amanhã o senhor me dará razão!

"– Amanhã! – repetiu ele com uma entonação singularmente sombria e irônica. – Amanhã! Se você soubesse onde estarei amanhã! Se eu mesmo soubesse, até sinto alguma curiosidade quanto a isso. Nada feito, vá para casa, menina, não se esforce, não esbanje seu dinheirinho!

"Mas eu não ia mais desistir. Era como uma mania, uma loucura dentro de mim. Peguei a mão dele com força e enfiei algumas cédulas nela.

"– O senhor vai pegar o dinheiro e subir imediatamente!

"Dizendo isso, aproximei-me da campainha, decidida, e toquei.

"– Pronto. Já toquei, o porteiro virá logo, o senhor vai subir e se deitar. Amanhã às nove estarei aqui diante da casa e o levarei a um trem. Não se preocupe com o resto, cuidarei de tudo para que o senhor chegue em casa. Mas agora deite-se, durma e não pense em nada mais!

"Nesse momento a chave girou na porta de dentro, e o porteiro abriu:

"– Venha! – disse ele de repente com voz dura e amarga, seus dedos prenderam meu pulso como ferro.

"Levei um susto... fiquei tão assustada, tão paralisada, tão atingida pelo raio que não conseguia pensar... Queria me defender, me libertar... mas minha vontade estava paralisada... e eu...

o senhor vai entender... eu... senti vergonha do porteiro que esperava ali, impaciente, vergonha de brigar com aquele estranho. E assim... assim de repente estava dentro do hotel; queria falar, dizer alguma coisa, mas a garganta estava trancada... a mão dele, pesada, apertava-me o braço... vagamente senti que me levava escadas acima... barulho de chave... De repente eu estava sozinha num quarto estranho com aquele homem estranho em algum hotel cujo nome até hoje não sei."

•

Mrs. C. parou novamente e de repente se pôs de pé. A voz parecia não lhe obedecer mais. Foi até a janela, olhou para fora alguns momentos sem falar, ou talvez só tenha encostado a testa na vidraça fria: não tive coragem de olhar diretamente, achei penoso observar a velha dama em sua emoção. Então fiquei sentado quieto sem perguntar, sem nada dizer, esperando que ela voltasse com passo controlado e se sentasse à minha frente.

"Bem, agora eu disse o mais difícil. Espero que acredite se eu lhe repetir, por tudo que me é mais sagrado, pela minha honra e por meus filhos, se eu lhe jurar que até aquele segundo não tivera um pensamento de... de uma ligação com aquele estranho, que eu realmente fora lançada naquela situação sem vontade própria, sem consciência, como por um alçapão aberto no caminho plano de minha existência. Jurei a mim mesma dizer-lhe a verdade, e repito mais uma vez que só por uma vontade quase superexcitada, sem nenhuma emoção pessoal, portanto sem nenhum desejo nem pressentimento, entrei naquela aventura trágica.

"Poupe-me de dizer-lhe o que aconteceu naquele quarto naquela noite; eu própria não esqueci um segundo de nada, nem quero esquecer. Pois naquela noite lutei com uma pessoa pela sua vida, e repito: foi uma luta de vida e de morte. Senti em cada nervo, sem nenhuma dúvida, que aquele estranho, aquele já semimorto, se apegava ainda uma vez à vida com a avidez e a paixão de um ameaçado de morte. Agarrava-se a mim como alguém que sente o abismo sob os pés. Mas tirei do fundo de mim mesma tudo o que podia para salvá-lo, tudo o que me era dado. Talvez a gente só viva uma hora dessas uma vez na vida, e entre milhões de pessoas só uma tenha essa experiência – e sem aquele tremendo acaso eu jamais teria imaginado com que ardor, com que desespero, com que incontrolável avidez um ser humano perdido suga mais uma vez cada rubra gota de vida, e vinte anos depois, longe de todas as demoníacas forças da existência, eu jamais teria entendido como a natureza por vezes se concentra em alguns poucos momentos, grandiosa e fantástica, em seu calor e frio, morte e vida, encanto e desespero. Aquela noite foi tão plena de luta e diálogo, paixão e ira e ódio, lágrimas de súplica e de embriaguez, que me pareceu durar mil anos, e nós dois, cambaleando abraçados por aquele abismo, ele enlouquecido pelo desejo de morte, eu sem entender nada direito, emergimos desse tumulto mortal transformados, totalmente mudados, com outras ideias e outras emoções.

"Mas não é disso que quero falar. Não posso nem quero descrever isso. Quero lhe relatar apenas aquele minuto inaudito quando acordei de manhã. Acordei de um sono de pedra, vinha do fundo da noite, algo que eu nunca conhecera. Levei longo tempo até abrir os olhos, e a primeira coisa que vi foi um teto estranho sobre mim, e meu olhar tateou adiante naquele aposento desconhecido, feio e estranho, onde eu não sabia como tinha chegado. Primeiro tentei me convencer de que ainda era sonho, um sonho agora mais claro e transparente no qual eu entrara saindo de um sono sufocado e confuso – mas diante da janela já havia a luz clara, real e cortante do sol, lá de baixo reboava a rua com suas carruagens, a sineta do bonde, e vozes humanas –, e só então eu soube que não era sonho, estava acordada. Involuntariamente, soergui-me para entender o que estava se passando, e então... quando olhei para o lado... vi – e creio que não poderia agora dar uma ideia do meu susto –, vi um homem estranho dormindo ao meu lado na larga cama... mas era um estranho,

estranho, estranho, um homem desconhecido, seminu... Não, eu sei que esse horror não pode ser descrito: e desabou sobre mim de modo tão terrível que caí de costas sem forças. Mas não era um desses desmaios que nos protegem contra as más notícias, não, com a rapidez de um raio tive plena consciência de tudo e não entendi nada; eu só tinha um desejo, morrer de vergonha e nojo por estar de repente numa cama estranha com um desconhecido, numa espelunca certamente muito suspeita. Recordo nitidamente que meu coração bateu em falso, parei de respirar como se com isso pudesse apagar minha vida e a consciência, aquela consciência clara, terrivelmente clara, que apreendia tudo sem nada entender.

"Jamais saberei quanto tempo fiquei ali deitada, o corpo todo gelado: assim hão de ficar os mortos em seus caixões. Sei apenas que tinha cerrado os olhos e pedi a Deus, a qualquer força do céu, que não fosse verdade, não fosse real. Mas meus sentidos, agora aguçados, não me permitiam mais nenhuma ilusão: no quarto ao lado escutei vozes, barulho de água, passos arrastados no corredor, e cada um desses sinais testemunhava implacavelmente que meus sentidos estavam cruelmente alertas.

"Não posso dizer quanto tempo durou aquela horrenda situação: tais segundos correm em outro tempo do que esse com que medimos nossa vida. Mas de repente assaltou-me outro receio, um medo intenso e medonho: aquele estranho cujo nome eu não conhecia podia acordar e falar comigo. E imediatamente dei-me conta de que só havia uma coisa a fazer: vestir-me e fugir antes que ele acordasse. Não ser mais vista por ele, nem interpelada. Salvar-me em tempo, fugir, fugir dali, fugir, voltar a alguma vida minha, meu hotel, e logo com o primeiro trem sair daquele lugar maldito, daquele país, nunca mais encontrar aquele homem, nunca mais ver seus olhos, não ter nenhuma testemunha, nada, nem acusadores nem cúmplices.

"Essa ideia me arrancou da inércia: com toda a cautela, esgueirando-me como um ladrão, afastei-me polegada a polegada (para não fazer barulho) da cama e procurei minhas roupas. Vesti-me com todo o cuidado, tremendo a cada segundo com medo de que ele acordasse, e estava pronta, eu tinha conseguido. Só faltava meu chapéu, que estava do outro lado, aos pés da cama, e então, quando me aproximei na ponta dos pés e estendi a mão para apanhá-lo – nesse segundo eu *tive* de fazer aquilo: tive de olhar ainda uma vez o rosto daquele estranho que despencara em minha vida como uma pedra que cai de um peitoril. Quis lançar-lhe um único olhar, mas... estranho, o jovem desconhecido que cochilava ali era *realmente* um desconhecido para mim: no primeiro instante nem reconheci o rosto da véspera, pois os traços do homem mortalmente desesperado,

tensos e vincados pela paixão, tinham sumido –
aquele ali tinha outro rosto, infantil, de menino,
que *brilhava* de pureza e alegria. Os lábios, ainda
naquela noite apertados e comprimidos entre os
dentes, sonhavam, macios e entreabertos, quase
arredondados num sorriso; os cabelos louros
encaracolavam-se macios sobre a testa sem rugas,
e como uma maré branda a respiração fazia subir
e descer o peito no corpo em repouso.

"Talvez o senhor recorde que há pouco lhe
contei que nunca vira numa pessoa uma tão per-
versa medida de ganância e paixão como nesse
desconhecido na mesa de jogo. E digo-lhe agora
que nunca, nem em crianças que quando bebês
adormecidos por vezes ficam rodeadas por um
angelical brilho de alegria, jamais vi tal expressão
de pura beatitude, de sono verdadeiramente feliz.
Naquele rosto instalara-se com expressividade
única uma distensão paradisíaca da crispação interior, como quem se salvou, se liberou. Com essa
visão surpreendente caiu de mim como um manto
negro e pesado todo o medo, todo o horror – eu
já não sentia vergonha, não, estava quase alegre. O
terrível, o inconcebível de repente fazia sentido, eu
me alegrava, estava *orgulhosa*, pensando que aquele
ser humano jovem, belo e terno, deitado ali alegre
e quieto como uma flor, sem a minha entrega teria
sido encontrado desfeito, ensanguentado e de rosto
rebentado, morto, olhos arregalados e hirtos, em
alguma beira de penhasco: eu o salvara, ele estava

salvo. E então vi – não posso dizer de outro modo – com um olhar *maternal* aquele adormecido a quem – com mais dores do que no parto de meus próprios filhos – eu dera à luz mais uma vez. E no meio daquele quarto sujo e gasto, naquele hotel de encontros nojento e imundo – por mais que a ideia lhe pareça ridícula –, tive a sensação de estar numa igreja, uma sensação de milagre e santidade. Da mais terrível hora de minha vida nascia para mim uma segunda emoção, mais espantosa e dominadora.

"Eu tinha feito barulho? Sem querer dissera alguma palavra? Não sei. Mas de repente o adormecido abriu os olhos. Assustei-me e recuei. Ele olhou em torno, espantado – como antes eu mesma fizera, parecendo emergir com dificuldade de incríveis profundezas de confusão. Seu olhar percorreu com esforço o quarto desconhecido, depois, assombrado, fixou-se em mim. Mas antes que ele dissesse alguma coisa ou pudesse recordar tudo, eu me controlara. Não podia deixá-lo falar, nada podia ser relembrado, nada se devia comentar sobre ontem nem sobre aquela noite.

"– Agora preciso ir – disse eu depressa. – O senhor fica aqui, e vai se vestir. Às doze eu o estarei esperando na entrada do cassino, e cuidarei de tudo.

"Antes que ele pudesse responder, fugi dali só para não ver mais aquele quarto, e corri sem me virar para fora da casa cujo nome não sei, como não sei o do estranho com quem passara ali uma noite."

•

Por um instante Mrs. C. interrompeu seu relato. Mas toda a tensão e tormento tinham abandonado a sua voz: como um carro que sobe com dificuldade a montanha, mas do alto rola fácil e rapidamente pela encosta, agora sua voz aliviada terminava de narrar:

"Como eu ia dizendo, corri para meu hotel pelas ruas matinais iluminadas, tão aliviadas do bafo pela tempestade como eu me libertara daquela sensação torturante. Pois não esqueça o que eu disse anteriormente. Depois da morte de meu marido eu renunciara totalmente à minha vida. Meus filhos não precisavam de mim, eu mesma não gostava de mim, e toda vida que não tem algum objetivo é uma ilusão. Então, pela primeira vez, inesperadamente, eu tinha uma tarefa: salvara um ser humano, arrancara-o do aniquilamento com o empenho de todas as minhas forças. Havia algo a superar ainda brevemente, e a tarefa estaria cumprida. Portanto corri ao meu hotel: vendo-me entrar só, às nove da manhã, o porteiro me examinou com olhar espantado – eu não sentia mais vergonha nem raiva do que ocorrera, mas minha vontade de viver desabrochara outra vez, uma nova sensação de ser útil na vida corria calidamente nas minhas veias. No meu quarto mudei de roupa, sem perceber (só mais tarde notei isso) despi os trajes de luto e vesti outros mais claros, fui ao meu banco para apanhar dinheiro, corri até a estação para me informar da partida dos trens; com uma determinação que me deixava admirada, tomei mais algumas providências e fiz mais alguns acertos. Já não havia mais nada a fazer senão combinar com aquele que o destino lançara sobre mim a sua viagem e definitiva salvação.

"Mas isso exigia forças para enfrentá-lo pessoalmente. Pois o que tinha acontecido na véspera ocorrera no escuro, mal tínhamos visto nossos rostos, eu nem ao menos sabia se aquele estranho me reconheceria. Tudo aquilo tinha sido um acaso, uma embriaguez, uma possessão de duas pessoas confusas, mas no outro dia parecia difícil expor-me a ele, pois na impiedosa luz do dia eu teria de lhe mostrar minha pessoa, meu rosto, um ser vivo.

"Tudo foi mais fácil do que eu tinha pensado. Mal me aproximava do cassino na hora marcada, quando um jovem saltou de um banco e correu ao meu encontro. Havia na sua surpresa algo tão espontâneo, tão infantil, natural e feliz, como em cada um de seus eloquentes movimentos: ele chegou correndo, nos olhos o brilho de uma alegria agradecida e admirativa, e logo baixaram humildes quando sentiram os meus perturbados pela sua presença. É tão raro sentir gratidão em uma pessoa! E exatamente os mais agradecidos não conseguem se expressar, calam-se perturbados, sentem vergonha e às vezes se fecham para esconder a emoção. Mas ali, naquela pessoa de quem Deus, como escultor misterioso, extraía a mais sensual, bela e plástica expressividade emocional, a gratidão também se manifestava ardentemente, irradiando-se do centro de seu corpo. Ele se curvou sobre minha mão, baixou sobre ela sua fina cabeça de rapazinho e assim ficou um minuto num beijo respeitoso que mal roçou meus dedos. Só então recuou outra vez, perguntou como eu estava, fitou-me com uma expressão comovedora, e havia tanta decência em cada uma de suas palavras que em poucos minutos não senti mais nenhum medo. Espelhando a claridade daquelas emoções, a paisagem ao redor brilhava encantada: o mar ainda na noite anterior raivoso estava sossegado e claro, cada pedrinha do fundo raso brilhava branca, o cassino, pântano do Diabo, era de um branco mourisco contra o céu azul-damasco limpo, e aquele quiosque para debaixo de cujo telhadinho a chuva forte nos tinha levado abrira-se numa lojinha de flores: ali estavam esparramados em branco, vermelho, verde e todas as cores grandes ramos de flores e botões, que uma jovenzinha em blusa colorida oferecia.

"Convidei-o para almoçar num pequeno restaurante; lá o jovem desconhecido me contou a história de sua trágica aventura. Era a confirmação de minha primeira impressão quando olhara suas mãos nervosas e trêmulas sobre a mesa verde. Ele vinha de uma família tradicional de nobres da Polônia austríaca, fora destinado à carreira diplomática, estudara em Viena, e havia um mês fizera seus exames com extraordinário sucesso. Para comemorar, seu tio, um oficial do alto comando com quem morava, o levara de fiacre ao Prater, e juntos tinham assistido às corridas. O tio tinha sorte no jogo e ganhou três vezes seguidas; almoçaram em um restaurante elegante com o grosso maço de notas ganhas. No dia seguinte, como recompensa pelo sucesso nos exames, o diplomata iniciante ganhou de seu pai uma quantia igual à habitual mesada; dois dias antes aquela quantia lhe teria parecido grande, mas naquele momento, depois da facilidade do dinheiro obtido no jogo, pareceu pequena e supérflua. Assim, depois da refeição logo voltou à pista de corridas, apostou louca e apaixonadamente, e sua sorte, ou melhor, seu azar quis que saísse do Prater depois da última corrida com três vezes mais dinheiro do que trouxera. Em breve a fúria do jogo o dominara, nas corridas, nos cafés ou nos clubes consumira seu tempo, seus estudos e seus nervos, mas sobretudo seu dinheiro. Ele não conseguia mais pensar, dormir tranquilamente e muito menos controlar-se; uma vez, à noite, chegando em casa do clube onde perdera tudo, encontrou ao despir-se ainda uma nota de dinheiro esquecida e amassada no colete. Não se conteve, vestiu-se outra vez e vagou por ali até encontrar num café jogadores de dominó com os quais ficou ainda até o amanhecer.

"Certa vez sua irmã casada o ajudou a saldar dívidas com agiotas que de boa vontade fiavam para aquele herdeiro de um grande nome da aristocracia. Por algum tempo ainda teve sorte, mas então começou a descida constante, e quanto mais perdia tanto mais as obrigações não cumpridas e as promessas vencidas exigiam alguma fonte de ganhos que o livrasse. Já tinha perdido quase toda a roupa e o relógio, até que finalmente aconteceu o horrendo: roubou da velha tia dois grandes brincos que ela raramente usava, tirando-os do armário dela. Um deles foi vendido por um bom dinheiro que foi quadruplicado na mesma noite. Mas, em vez de pagar a dívida e se retirar, apostou tudo e perdeu. Na hora de sua partida o roubo ainda não fora descoberto, então ele apostou o segundo brinco e, seguindo um palpite súbito, viajou de trem para Monte Carlo para ganhar na roleta a sonhada fortuna. Ali já vendera a mala, as roupas, o guarda-chuva, só lhe restando o revólver com quatro balas e uma pequena cruz com pedras preciosas que sua madrinha, a princesa X, lhe dera e da qual não queria se separar. Mas também essa cruz fora vendida de tarde por cinquenta francos, para à noite poder tentar mais uma vez o terrível prazer de uma aposta de vida ou morte.

"Ele me contou tudo isso com aquela encantadora graça que marcava sua natureza criativa. Eu escutava, abalada, arrebatada, excitada; mas nem por um momento pensei em ficar zangada porque afinal aquele homem à minha mesa fosse na verdade um ladrão. Se na véspera alguém tivesse dito a mim – uma mulher de vida impecável que exigia de suas companhias a mais severa e convencional dignidade – que eu estaria sentada com familiaridade junto de um rapaz totalmente desconhecido, pouco mais velho que meu filho, que roubara brincos, eu o teria julgado louco. Mas o seu relato não me causou horror, pois ele contou tudo com tanta naturalidade e paixão, que era como se estivesse falando de uma febre, uma doença, não de um crime. Além disso, para quem como eu experimentara na noite anterior algo tão inesperado e impetuoso, a palavra 'impossível' perdera o sentido. Naquelas dez horas eu aprendera muito mais sobre a realidade do que nos quarenta anos anteriores em minha vida burguesa.

"Mas outra coisa me assustou em sua confissão, era o brilho febril em seus olhos, o tremor elétrico dos nervos de seu rosto quando falava da paixão pelo jogo. Não ficou nervoso nem quando me contou tudo aquilo, e seu rosto expressivo reproduziu com terrível clareza o prazer e os tormentos daquela tensão. Involuntariamente suas mãos, aquelas maravilhosas mãos estreitas e nervosas, começaram a se transformar, como na mesa de jogo, em criaturas de rapina, rápidas e esquivas; enquanto ele falava eu as via de repente tremer a partir dos pulsos, curvando-se e fechando-se, depois abrindo-se de novo rapidamente para voltarem a se crispar. E quando ele confessou o roubo dos brincos, pulando com a velocidade de um raio (recuei sem querer) elas reproduziram o gesto de quem rouba. Eu realmente vi os dedos saltando loucamente sobre as joias, engolindo-as precipitadamente na concha da mão. Reconheci com um terror indizível que aquele ser humano fora envenenado até a última gota de sangue pela sua paixão.

"Foi só isso que me abalou e horrorizou tanto em seu relato: que um rapaz jovem, alegre e despreocupado tivesse caído numa tão lamentável dependência daquela paixão. Assim, considerei meu dever aconselhar amigavelmente meu inesperado protegido, dizendo que se afastasse imediatamente de Monte Carlo, onde a tentação era mais perigosa, e que ainda nesse dia deveria voltar para junto da família, antes que dessem pelo desaparecimento dos brincos e seu futuro ficasse prejudicado para sempre. Prometi-lhe dinheiro para a viagem e para a recompra das joias, mas com a condição de que ele viajasse naquele mesmo dia, jurando por sua honra que nunca mais tocaria numa carta nem se entregaria a qualquer jogo de azar.

"Jamais esquecerei com que paixão, no começo humilde e depois, aos poucos, radiosa, aquele ser humano desconhecido e perdido me ouviu, como *bebia* a ajuda que eu estava lhe prometendo; de repente estendeu as duas mãos sobre a mesa para agarrar as minhas com um inesquecível gesto a um só tempo de adoração e sagrada promessa. Todo o seu corpo tremia nervosamente de excitação feliz, havia lágrimas em seus olhos geralmente um pouco turvados. Quantas vezes já tentei descrever a expressividade de seus gestos, mas *aquela* expressão não conseguirei descrever, pois era tão extática, de uma tão sobrenatural felicidade que dificilmente se vê num semblante humano, só comparável à branca sombra de um rosto de anjo que pensamos ver ao acordar de um sonho.

"Por que não dizer? Não suportei aquele olhar. A gratidão nos alegra porque é tão rara, a ternura faz bem, e para mim, tão comedida e fria, aquele exagero era uma novidade benfazeja que me deixava feliz. Além disso, junto com aquela criatura esmagada e abalada a paisagem também acordara magicamente da chuva do dia anterior. Quando saímos do restaurante, o mar calmo brilhava magnífico, azul até onde se encontrava com o céu, aqui e ali as gaivotas brancas no azul no alto. O senhor conhece a paisagem da Riviera. É sempre bela, expõe suas cores intensas aos nossos olhos como um cartão postal, uma beleza adormecida e preguiçosa que permite, indiferente, que os olhares a toquem, quase oriental nessa opulenta entrega. Mas às vezes, muito raramente, há dias em que essa beleza se levanta, aparece em primeiro plano, move-se com singular energia em suas cores fortes de brilho fanático, joga sobre nós sua coloração de mil flores, e arde, queima de sensualidade. Aquele também era um desses dias, depois do caos da tempestade noturna as ruas faiscavam brancas e lavadas, o céu estava turquesa, por toda parte os arbustos rebrilhavam, tochas coloridas no verde úmido e denso. De repente as montanhas pareciam mais claras e próximas no ar limpo e ensolarado, aproximavam-se curiosas da cidadezinha lustrosa, a cada olhar a gente sentia a natureza solícita e animadora tocando o nosso coração.

"– Vamos pegar uma carruagem – disse eu – e seguir ao longo do Corniche.

"Ele concordou entusiasmado: pela primeira vez desde sua chegada aquele jovem parecia notar a paisagem. Até ali só conhecera o sufocante salão do cassino com seu cheiro abafado de suor, as pessoas feias e devastadas acotovelando-se, e um mar rabugento, cinzento e ruidoso. Mas agora o imenso leque da praia ensolarada abria-se diante de nós, e o olhar cambaleava feliz de uma distância a outra. Fizemos o belíssimo trajeto numa carruagem lenta (naquele tempo não havia automóveis), passando por muitas mansões e recantos: cem vezes em cada casa, em cada mansão sombreada por verdes pinheiros, a gente sentia o secreto desejo: aqui seria bom viver, quieto e contente, longe do mundo!

"Acaso alguma vez na vida fui mais feliz do que naquela hora? Não sei. A meu lado na carruagem estava sentado aquele jovem que ainda no dia anterior estivera agarrado à morte e à fatalidade, agora espantado sob o sol: anos inteiros pareciam ter sido removidos dele. Parecia um menino, uma bela criança brincando com olhos eufóricos e ao mesmo tempo respeitosos, onde o mais encantador era a sua gentileza sempre alerta: se a carruagem subia uma ladeira muito íngreme e os cavalos tinham dificuldade em puxá-la, ele saltava agilmente para empurrar por trás. Se eu dizia o nome de uma flor ou apontava para qualquer outra no caminho, ele corria a apanhá-la. Pegou uma rãzinha que, atraída pela chuva da véspera, rastejava laboriosamente e levou-a com cuidado até o capim verde para que não fosse esmagada pelas carruagens que passavam. E durante o trajeto contava alegre as coisas mais engraçadas; creio que nesse riso havia uma espécie de salvação para ele, pois de outro lado teria de cantar ou saltar ou fazer coisas loucas, tão feliz, tão embriagado estava naquela súbita animação.

"Quando no alto da colina passamos por uma aldeiazinha minúscula, de repente ele tirou cortesmente o chapéu. Fiquei espantada: a quem estaria saudando se era um estranho entre estranhos? Explicou-me então, quase pedindo desculpas, que tínhamos passado por uma igreja, e na Polônia, sua terra, como em todos os países severamente católicos, desde criança era-se treinado a tirar o chapéu diante de cada igreja ou casa de Deus. Esse respeito pelo religioso me abalou profundamente, trazendo-me à recordação a cruz de que ele falara, e perguntei se era crente. Quando admitiu isso, modestamente e com um ar constrangido, tive de repente uma ideia:

"– Pare! – disse eu ao cocheiro e desci depressa da carruagem.

"– Aonde vamos? – perguntou ele, seguindo-me surpreso.

"– Venha comigo – limitei-me a responder.

"Acompanhada por ele, rumei para a igreja, uma casinha de Deus de tijolos típica do interior. As paredes internas estavam caiadas, reinava uma penumbra cinzenta e vazia, a porta aberta deixava um cone amarelo de luz cortar nitidamente o interior escuro, onde sombras azuladas rodeavam o pequeno altar. Duas velhas de olhos baços espiavam da penumbra cálida de incenso. Entramos, ele tirou o chapéu, botou a mão na pia de água benta, fez o sinal da cruz e dobrou o joelho. Mal se levantara, toquei nele:

"– Vá até lá – falei enfaticamente –, até um altar ou imagem que lhe seja sagrada, e faça o juramento que vou dizer.

"Ele me fitou espantado, quase assustado. Mas logo entendendo, foi até um nicho, fez o sinal da cruz e ajoelhou-se obediente.

"– Repita o que vou dizer – disse eu tremendo de excitação –, repita: Eu juro...

"– Eu juro – repetiu ele.

"– ... que nunca mais vou participar de um jogo por dinheiro, seja de que tipo for, que nunca mais vou expor minha vida e minha honra a essa paixão.

"Ele repetiu, tremendo: as palavras ficaram pairando claras e altas no vazio perfeito da igreja. Depois por um momento houve silêncio, tanto que de fora podia-se ouvir o leve rumorejar das árvores em cujas folhas o vento brincava. De repente ele se prostrou como um penitente no chão e disse em polonês, com um êxtase que eu jamais ouvira, palavras rápidas e atropeladas. Mas devia ser uma oração extática, uma oração de agradecimento e contrição, pois aquela confissão intempestiva o fazia dobrar humildemente a cabeça, os sons estrangeiros se repetiam cada vez mais apaixonadamente, cada palavra pronunciada com veemente e indizível emoção. Nunca antes ou depois ouvi alguém rezar assim em nenhuma igreja do mundo. Suas mãos agarravam crispadas o oratório de madeira, todo o seu corpo era sacudido por um vendaval interior que às vezes o fazia levantar-se, em outras o derrubava de novo. Ele não via nem sentia mais nada: tudo nele parecia pertencer a outro mundo, um purgatório de transformação ou uma ascensão a uma esfera mais alta. Por fim levantou-se lentamente, fez o sinal da cruz e virou-se com dificuldade. Seus joelhos tremiam, seu rosto estava branco como o de alguém exaurido. Mas quando me fitou seus olhos brilharam, um sorriso puro, realmente *devoto,* iluminou seu rosto remoto; aproximou-se, inclinou-se fundo à maneira russa, pegou minhas duas mãos e tocou-as respeitosamente com os lábios:

"– Deus a enviou para mim. Eu lhe agradeci por isso.

"Eu não sabia o que dizer. Mas de repente desejei que sobre aquele teto baixo o órgão começasse a tocar, pois senti que conseguira: eu salvara aquela pessoa para sempre.

"Saímos da igreja para o jorro de luz radiante daquele dia de maio, nunca o mundo me parecera mais belo. Seguimos ainda por duas horas lentamente de carruagem por aquele caminho panorâmico na crista das colinas que a cada curva nos presenteava com uma nova paisagem. Mas não dissemos mais nada. Depois daquela emoção toda, qualquer palavra pareceria pequena. E quando meu olhar casualmente encontrava o dele, eu tinha de desviar o meu, envergonhada, pois ficava abalada demais vendo o milagre que eu própria realizara.

"Pelas cinco da tarde voltamos a Monte Carlo. Eu tinha um compromisso com familiares que não podia mais desmarcar. E na verdade desejava ardentemente uma pausa, uma distensão daquela emoção violenta demais. Pois era felicidade em excesso. Senti que precisava repousar daquele estado ardente demais, parecido com um êxtase, como eu jamais sentira em minha vida. Pedi ao meu protegido que viesse comigo ao meu hotel só por um momento; em meu quarto entreguei-lhe o dinheiro da viagem e das joias. Combinamos que durante meu encontro ele compraria a passagem. Depois, às sete da noite, íamos nos encontrar por meia hora no saguão da estação, antes que o trem o levasse para casa passando por Gênova. Quando quis lhe dar as notas de dinheiro, seus lábios ficaram singularmente brancos:

"– Não... nada de... dinheiro... por favor, dinheiro não! – disse ele entredentes, enquanto seus dedos recuavam, nervosos e hesitantes. – Dinheiro não... não... não posso ver isso – repetiu ele, fisicamente dominado por repulsa ou medo. Mas eu acalmei sua vergonha, era apenas emprestado, se se sentisse mal com isso podia dar-me um recibo.

"– Sim, sim... um recibo – murmurou, desviando o olhar, amassou as notas enfiando-as no bolso como algo grudento que lhe poderia sujar os dedos, e num pedaço de papel escreveu rapidamente algumas palavras. Quando ergueu o rosto, vi que havia suor em sua testa: algo parecia devorá-lo por dentro, e, mal empurrou para o meu lado a folha solta de papel, estremeceu, e de repente – sem querer recuei assustada – caiu de joelhos e beijou a fímbria de meu vestido. Gesto indescritível: eu tremia no corpo todo, sacudida por uma força maior do que eu mesma. Senti um estranho calafrio, fiquei perturbada e só pude gaguejar:

"– Obrigada por ser tão agradecido. Mas, por favor, agora vá! Às sete nos veremos para as despedidas no saguão da estação.

"Ele me fitou, e um brilho de emoção umedecia seu olhar; por um instante pensei que ia me dizer alguma coisa, por um instante pareceu querer aproximar-se de mim. Mas então subitamente curvou-se ainda uma vez, muito profundamente, e saiu do quarto."

●

Mrs. C. interrompeu novamente seu relato. Levantara-se e fora até a janela, olhou para fora e ficou longo tempo parada ali, imóvel: na silhueta de suas costas vi que oscilava e tremia um pouquinho. De repente virou-se determinada, as mãos até ali calmas e indiferentes fizeram de repente um gesto forte, como se quisesse rasgar alguma coisa. Depois encarou-me com dureza, quase audácia, e recomeçou com um arranco:

"Eu lhe prometi ser totalmente sincera. E agora reconheço como essa promessa foi necessária. Pois só agora, que pela primeira vez me forço a descrever ordenadamente aquelas horas, procurando palavras claras para um acontecimento naquele tempo totalmente confuso e complexo, só agora compreendo muitas coisas claramente, coisas que então eu não sabia ou não queria saber. Por isso quero ser dura e decidida comigo mesma e dizer a verdade: naquela ocasião, naquele instante em que o jovem saiu do meu quarto e fiquei sozinha, eu senti – com um desmaio – um duro choque no coração. Algo me ferira mortalmente, mas eu não sabia – ou me negava a saber – por que a postura comoventemente respeitosa de meu protegido me feria de maneira tão dolorosa.

"Mas agora que me obrigo a tirar de dentro de mim como algo estranho, ordenada e implacavelmente, todo aquele passado, e a sua presença não tolera nenhuma dissimulação nem ocultamento covarde de um sentimento vergonhoso, hoje eu sei com clareza: o que naquela vez me doeu tanto foi a decepção... decepção, porque... porque aquele jovem fora embora tão obedientemente... sem nenhuma tentativa de me segurar, de ficar comigo... que ele obedecesse humilde e respeitoso à minha primeira tentativa de me afastar... em vez de tentar me abraçar... que me venerasse apenas como a uma santa posta em seu caminho... e não... não me visse como mulher.

"Isso para mim foi uma decepção... uma decepção que não confessei nem a mim mesma, nem então nem depois, mas o sentimento de uma mulher sabe tudo, sem palavras nem consciência. Pois – agora não me iludo mais –, se aquele jovem me tivesse abraçado naquele exato momento, eu teria ido com ele até o fim do mundo, desonrando meu nome e o de meus filhos... indiferente aos mexericos das pessoas e à sensatez delas, eu teria fugido com ele como aquela Madame Henriette com o jovem francês, que dias antes ela nem conhecia... eu não teria indagado para onde nem por quanto tempo, não teria me virado lançando um só olhar para minha vida anterior... teria sacrificado meu dinheiro, meu nome, minha fortuna e minha honra por aquele homem... teria mendigado, e provavelmente não há baixeza neste mundo que eu não estivesse disposta a cometer. Tudo o que se chama de pudor e consideração entre as pessoas, tudo isso eu teria jogado fora se ele tivesse vindo até mim com uma palavra, um passo, se tivesse tentado me agarrar, tão perdida estava eu nele naquele segundo.

"Mas... já lhe contei... aquele homem singularmente perturbado não dirigiu mais um só olhar a mim nem à mulher em mim... e só quando fiquei sozinha comigo mesma, quando a paixão que havia pouco ainda erguia seu rosto iluminado, quase seráfico, desabou sobre mim, escura, no vazio de meu peito abandonado, senti o quanto o desejava e com que ardor me atiraria aos seus braços. Controlei-me com esforço, o compromisso que tinha pela frente me desagradava duplamente. Era como se minha fronte estivesse apertada num pesado capacete de aço que me fazia cambalear: meus pensamentos estavam tão desordenados quanto meus passos quando finalmente fui até o outro hotel onde estavam meus parentes. Lá sentei-me embotada no meio da conversa animada, e sempre me assustava quando levantava casualmente o olhar e via os rostos imperturbados que me pareciam máscaras geladas, comparados com aquele outro que estivera animado como por um jogo de nuvens lançando luz e sombra. O animado grupo me parecia uma reunião de mortos. E enquanto eu botava açúcar na xícara e conversava com eles, dentro de mim, como trazido pelo bruxulear do sangue, aparecia sempre aquele rosto que fora minha intensa alegria contemplar, e que – pensamento pavoroso! – em uma ou duas horas eu teria visto pela última vez. Devo ter suspirado ou gemido de leve sem querer, pois de repente a prima de meu marido se inclinou para mim: o que havia comigo, não estava me sentindo bem? Estava tão pálida e oprimida. Aquela pergunta inesperada me ajudou a dar uma desculpa rápida e fácil, de que estava realmente com enxaqueca e, se ela me permitisse, sairia sem chamar atenção.

"Assim devolvida a mim mesma, corri de volta ao meu hotel. Mal chegando, sozinha, tive novamente aquela sensação de vazio, de abandono, e no meio disso o desejo ardente pelo jovem que naquele dia eu teria de deixar para sempre. Andei a esmo no quarto, abri inutilmente as venezianas, troquei de vestido e de fitas, parada diante do espelho, avaliando-me, para ver se, assim enfeitada, ainda conseguiria prender o olhar dele. E imediatamente compreendi: tudo, menos deixá-lo! Dentro de um segundo intenso esse desejo se tornou decisão. Corri até o porteiro lá embaixo e anunciei que viajaria aquele dia no trem da noite. Agora era preciso pressa: toquei a campainha chamando a camareira para que me ajudasse a botar minhas coisas na mala – o tempo urgia; e, enquanto numa grande pressa metíamos nas malas vestidos e objetos menores, eu imaginava toda a surpresa que iria lhe fazer: como o acompanharia até o trem, e no último momento, o derradeiro, quando ele já me desse a mão em despedida, eu subiria com ele no seu vagão, ficando com ele aquela noite, a seguinte – enquanto ele me quisesse. Uma espécie de tumulto de encantamento e delícia corria no meu sangue, às vezes eu ria alto enquanto jogava os vestidos nas malas, para a consternação da camareira: e sentia que minhas emoções estavam em desordem. Quando o mensageiro veio apanhar as malas, primeiro eu o olhei com estranheza: era difícil demais pensar em coisas objetivas, quando internamente a excitação me dominava com tal intensidade.

"O tempo corria, deviam ser quase sete, na melhor das hipóteses restavam vinte minutos para o trem partir – consolava-me entretanto o fato de que minha chegada não seria mais uma despedida, pois eu resolvera acompanhá-lo na viagem enquanto ele me tolerasse. O criado levou as malas para fora, corri até a recepção do hotel para pagar minha conta. O gerente já me devolvia o troco, eu queria sair imediatamente, quando uma mão tocou de leve no meu ombro. Estremeci. Era minha prima, preocupada com o meu falso mal-estar, querendo saber como eu estava. Meus olhos escureceram. Agora eu não a queria ali, cada segundo de atraso significaria uma perda fatal, mas a cortesia me obrigava pelo menos a falar com ela e responder-lhe por alguns momentos.

"– Você tem de ir para a cama – insistiu ela –, certamente está com febre.

"Devia estar, pois meu sangue pulsava forte nas têmporas, às vezes eu sentia sobre os olhos as sombras azuis do desmaio iminente. Mas recusei, esforcei-me por parecer agradecida, embora cada palavra queimasse em mim e eu tivesse gostado de afastar com um pontapé aqueles cuidados importunos. Mas a indesejada, preocupada comigo, foi ficando, ficando, ofereceu-me água-de-colônia, e não se deixou demover, esfregando-a ela mesma nas minhas têmporas. Mas eu contava os minutos, pensava nele e em como conseguir um pretexto para escapar daqueles cuidados torturantes. Quanto mais inquieta eu ficava, tanto mais ela sentia suspeitas: por fim quis me obrigar quase à força a ir ao meu quarto e me pôr na cama. Então – enquanto ela teimava comigo – vi de repente o relógio no meio do saguão: dois minutos para as 7h30, o trem partia às 7h35. Bruscamente, conclusiva, com a brutal indiferença dos desesperados, eu praticamente vociferei para minha prima: 'Adeus, tenho de partir!'.

"E sem me importar com seu olhar espantado, sem olhar para trás, saí precipitadamente pela porta passando pelos funcionários assombrados, desci à rua e rumei para a estação. Já pela gesticulação nervosa do criado que estava ali de pé junto da bagagem, percebi de longe que estava mais do que na hora. Corri cegamente até a barreira, mas o condutor objetou: eu tinha esquecido de comprar a passagem. Enquanto eu tentava quase com violência convencê-lo a me deixar embarcar, o trem já se movimentava: fitei-o, o corpo todo tremendo, pelo menos queria ainda uma vez enxergar por alguma janela de vagão um aceno, uma saudação, mas não consegui mais ver o rosto dele no trem que passava rapidamente. Os vagões rolavam sempre mais velozes, e depois de um minuto nada restou senão a nuvem de fumaça preta diante de meus olhos escurecidos.

"Devo ter ficado lá como que petrificada sabe Deus quanto tempo, pois o mensageiro falou comigo várias vezes em vão antes de atrever-se a tocar em meu braço. Só então me sobressaltei. Eu queria que ele levasse a bagagem de volta ao hotel? Eu precisava de alguns instantes para pensar bem; não, não era possível, eu não podia mais voltar depois daquela partida ridícula e precipitada, nem queria voltar, nunca mais. Assim, impaciente por ficar sozinha, mandei que guardasse a bagagem no depósito. Só então, no meio daquele torvelinho incessante de pessoas que se acumulava e diminuía de novo na gare com grande alarido, tentei pensar com clareza, sair daquela opressão desesperada e dolorida de raiva, remorso e desespero, pois – por que não admitir? – a ideia de ter estragado um último encontro por minha culpa me torturava impiedosamente. Tinha vontade de gritar, tanto me doía aquela lâmina quente e rubra enfiando-se em mim sem pena. Só pessoas que nunca sentiram paixão antes talvez tenham experimentado num único momento essa irrupção súbita da paixão, como uma avalanche, um vendaval ou uma tempestade: anos inteiros desabam dentro do próprio peito com o ímpeto de forças nunca usadas. Nunca antes nem depois senti nada semelhante em surpresa e enfurecida impotência como nesse segundo, quando, preparada para a maior ousadia, preparada para jogar fora num gesto toda a minha vida poupada, contida e acumulada, vi de repente diante de mim o muro absurdo contra o qual minha paixão batia a fronte sem nada poder fazer.

"O que então fiz só podia ser igualmente absurdo, era louco, tolo até, quase me envergonho de contar – mas prometi a mim e ao senhor nada esconder: bem, eu... eu voltei a procurar por ele... isto é, procurei todos os instantes que tinha passado com ele... e fui poderosamente atraída para todos os lugares onde tínhamos estado juntos no dia anterior, o banco no jardim do qual eu o fizera levantar, o salão de jogo onde o vira pela primeira vez, até aquela espelunca, apenas para vivenciar mais uma vez o passado. E no outro dia seguiria de carruagem ao longo da Corniche pelo mesmo caminho, para que cada palavra, cada gesto se renovasse ainda uma vez em mim – tão insensata, tão infantil era a minha aflição. Mas pense na rapidez vertiginosa com que aqueles acontecimentos me atropelaram – eu praticamente sentira só um único golpe atordoador. Mas agora, para despertar daquele tumulto, eu queria recordar ainda uma vez, passo a passo, tudo o que tão depressa vivenciara, graças a essa mágica ilusão que chamamos lembrança: com efeito, são coisas que se entendem ou não. Talvez seja preciso um coração em fogo para entender.

"Assim, primeiro fui ao salão de jogo procurar a mesa onde ele estivera sentado, e recordar, entre todas as mãos, as mãos dele. Entrei: sabia que fora a mesa da esquerda no segundo aposento, ali eu o vira pela primeira vez. Cada uma de suas expressões ainda estava clara à minha frente: sonâmbula, olhos fechados e mãos estendidas, eu teria achado o lugar dele. Portanto entrei, atravessei em diagonal o salão. E então... quando da porta contemplei aquele movimento todo... aconteceu algo estranho... exatamente no lugar em que eu sonhara vê-lo de novo, lá estava – alucinação da febre! –, lá estava ele realmente... Ele... ele... exatamente como eu o vira em sonhos... exatamente como na véspera, os olhos vidrados fixos na bola, de uma palidez fantasmal... mas ele... ele... indiscutivelmente ele.

"Pensei que ia gritar de susto, mas controlei meu terror diante daquela visão louca e fechei os olhos. 'Você está doida... está sonhando... delirando', disse a mim mesma. 'É impossível, é uma alucinação... ele viajou meia hora atrás.' Só então abri de novo os olhos. Mas, horror: ele continuava sentado ali exatamente como antes, vivo... eu teria reconhecido aquelas mãos entre milhões de outras... não, não estava sonhando, era realmente ele. Não partira como tinha jurado, o louco estava ali sentado, trouxera para a mesa verde o dinheiro que eu lhe dera para a viagem e jogava ali na sua paixão, totalmente alienado de tudo, enquanto eu sofria desesperadamente por ele.

"Num ímpeto, avancei: a raiva toldou meus olhos, uma raiva cega e rubra, um furioso desejo de saltar na garganta daquele perjuro que traíra tão vergonhosamente a minha confiança, meus sentimentos e minha entrega. Mas controlei-me. Com intencional lentidão (e quanto me custava!) aproximei-me da mesa, bem à frente dele, e um senhor cortesmente me cedeu lugar. Entre nós dois havia dois metros de mesa verde, e, como se observasse uma peça de teatro de um camarote, pude fitar seu rosto, o mesmo rosto que havia duas horas eu vira radiante de gratidão, iluminado pela aura da graça divina, e que agora voltava a se desfazer tremendo no infernal fogo da paixão. As mãos, aquelas mesmas mãos que à tarde eu ainda vira agarrando a madeira do genuflexório da igreja num sagrado juramento, agora revolviam novamente, como garras de vampiro, o dinheiro à sua frente. Pois ele ganhara, e devia ter ganhado muito, muito dinheiro: diante dele faiscava um monte desordenado de fichas, luíses de ouro e cédulas, uma confusão em que seus dedos nervosos e trêmulos se distendiam e se banhavam. Vi-os agarrar e dobrar carinhosamente as cédulas isoladas, girar e acariciar as moedas, e de repente com um arranco pegar uma mão cheia jogando-a no meio de um quadrado. Imediatamente as narinas começavam a fremir de novo, o chamado do crupiê o fazia arregalar os olhos num brilho de cobiça, do dinheiro eles saltavam para a bola em disparada, ele saía de si mesmo com os cotovelos parecendo pregados naquela mesa verde. Aquela possessão estava ainda mais terrível e assustadora do que na noite passada, pois cada um de seus movimentos matava em mim aquela outra imagem que parecia brilhar sobre um fundo dourado e que eu, crédula, assimilara.

"Separados por apenas dois metros, nós respirávamos; eu o fitava sem que ele me percebesse. Ele não me olhou, não olhava para ninguém, seu olhar apenas deslizava para o dinheiro e lampejava para a bola que rolava de volta: naquele círculo verde veloz encerravam-se todos os seus sentidos, disparando para lá e para cá. Todo o mundo, toda a humanidade daquele jogador viciado se concentrava naquele quadrado de pano verde. E eu sabia que poderia ficar ali horas e horas sem que ele tivesse noção da minha presença.

"Mas não suportei por mais tempo tudo aquilo. Com uma decisão repentina rodeei a mesa, postei-me atrás dele e botei duramente a mão em seu ombro. O olhar dele se ergueu frouxamente, por um segundo me fitou com olhos vidrados, estranhando-me, exatamente como um bêbado a quem se sacode para que desperte, com olhar ainda turvado pelos vapores do sono. Depois ele pareceu me reconhecer, sua boca se abriu, trêmula, erguia os olhos para mim, feliz, e balbuciou baixinho com uma familiaridade secreta:

"– Está indo tudo bem... Eu logo vi, assim que entrei eu soube que Ele estava aqui... Eu logo soube...

"Não compreendi. Notei apenas que estava embriagado pelo jogo, aquele louco esquecera tudo, seu juramento, seu compromisso, esquecera-se de mim e do mundo. Mas mesmo naquela loucura seu êxtase era tão arrebatador que involuntariamente me submeti à sua fala e perguntei, chocada, quem estava ali.

"– Lá, o velho general russo de um braço só – sussurrou ele apertando-se contra mim para que ninguém escutasse aquele segredo mágico. – Ali, de suíças brancas e o criado atrás de sua cadeira. Ele sempre ganha, já observei ontem, deve ter um sistema, e eu aposto sempre o mesmo que ele... Ontem ele ganhou o tempo todo, mas eu cometi o erro de continuar jogando depois que ele saiu. Foi esse o meu erro... ontem ele deve ter ganhado uns vinte mil francos... e hoje também está ganhando a cada lance... agora eu aposto sempre o mesmo que ele... agora...

"De repente ele se interrompeu no meio da fala, pois o crupiê pronunciou o seu roufenho *Faites votre jeu!* e já o olhar dele cambaleava fixando-se no lugar onde, grave e indiferente, o russo de barba branca depositava ponderadamente primeiro uma moeda de ouro, depois, hesitando, uma segunda moeda no quarto campo. Imediatamente as mãos acaloradas diante de mim pegaram o monte e jogaram um punhado de moedas de ouro no mesmo lugar. E quando depois de um minuto o crupiê gritou

'Zero!', varrendo a mesa inteira com um único movimento de seu ancinho, ele ficou olhando seu dinheiro que sumia como num milagre. Ele me esquecera inteiramente; eu saíra de sua vida, perdida, acabada, todos os seus sentidos tensos concentravam-se apenas no general russo que, totalmente indiferente, pesava novamente duas moedas de ouro na mão, indeciso, sem saber em que número as colocaria.

"Não consigo lhe descrever minha amargura, meu desespero. Mas imagine minhas emoções: não ser mais que uma mosquinha para a pessoa à qual se entregou a vida, uma mosca que a gente enxota casualmente com a mão. Novamente fui assaltada por aquela onda de raiva. Peguei o braço dele com tanta força que ele teve um sobressalto.

"– Você vai se levantar daqui agora mesmo! – sussurrei imperiosamente. – Lembre-se do que jurou hoje ainda naquela igreja, seu perjuro, seu miserável.

"Ele me fitou abalado e pálido. De repente seus olhos assumiram uma expressão de cão batido, os lábios tremiam. Pareceu de repente lembrar o passado, sendo dominado por um horror de si mesmo.

"– Sim... sim... – gaguejou ele. – Ah, meu Deus, meu Deus... sim... eu vou, me perdoe...

"Sua mão recolheu todo o dinheiro, primeiro depressa, juntando tudo com um gesto veemente, mas depois aos poucos mais lento, como que tolhido por uma força contrária. Seu olhar prendera-se novamente no general russo, que estava apostando.

"– Um momento ainda... – jogou depressa cinco moedas de ouro no mesmo campo. – Só esse lance ainda... Juro-lhe que vou, imediatamente... Só esse lance ainda, só esse...

"E sua voz se apagou de novo. A bola começara a girar, levando-o consigo. Mais uma vez aquele possesso escapara de mim, de si mesmo, lançado no torvelinho daquela valeta lisa onde girava e saltava uma bolinha minúscula. Mais uma vez o grito do crupiê, mais uma vez o ancinho levando as cinco moedas de ouro. Ele perdera. Mas não se virou. Tinha-se esquecido de mim, de seu juramento, e da palavra dada um minuto atrás. Novamente sua mão ávida se estendia para o dinheiro que diminuía, e o magneto da sua vontade, o que estava à sua frente e lhe traria sorte, atraía o seu olhar embriagado.

"Minha paciência acabara. Eu o sacudi mais uma vez, agora violentamente.

"– Levante-se imediatamente! Agora mesmo!... Você disse apenas esse lance...

"Então aconteceu algo inesperado. De repente ele se virou. E o rosto que me encarava naquele instante não era mais humilde e confuso, mas irado, todo ele era um feixe de raiva com olhos ardentes e lábios trêmulos de ódio.

"– Me deixe em paz! – vociferou. – Vá embora! A senhora me dá azar. Sempre que está aqui eu perco. Foi assim ontem, e hoje de novo. Vá embora daqui!

"Por um instante fiquei petrificada. Mas minha raiva também se desencadeou diante da loucura dele.

"– Eu lhe dou azar? – gritei na sua cara. – Mentiroso, ladrão, você me jurou...

"Mas não prossegui, pois o possesso saltou de sua cadeira e me empurrou sem ligar para o tumulto que se formava.

"– Me deixe em paz! – gritava ele a plenos pulmões. – Não estou sob sua curatela, tome... tome... aqui tem o seu dinheiro – e jogou sobre mim duas notas de cem francos. – E agora, me deixe em paz!

"Ele gritara aquilo bem alto, como um louco, sem se importar com as pessoas ao redor. Todo mundo olhava, murmurava, apontava, ria, até da sala vizinha chegavam pessoas curiosas. Senti como se me tivessem arrancado as roupas do corpo, deixando-me nua na frente de todos aqueles curiosos.

"– *Silence, madame, s'l vous plaît!** – disse o crupiê em voz alta, imperiosamente, batendo com o ancinho na mesa.

"Eram para mim as palavras daquele sujeito. Humilhada, coberta de vergonha, estava eu

---

* "Silêncio, madame, por favor!" Em francês no original. (N.E.)

plantada diante dos curiosos que sussurravam entre si, como uma prostituta para quem se joga dinheiro. Duzentos, trezentos olhos despudorados fixos na minha cara, e então... quando me afastava, encolhida, dessa humilhação e vergonha, desviando o olhar fitei diretamente dois olhos igualmente arregalados de surpresa – era minha prima, que me fitava chocada, boca aberta, mão levantada de susto.

"Aquilo me abalou e, antes que ela pudesse se mover, recuperar-se da surpresa, saí precipitadamente do salão: consegui chegar no banco, o mesmo onde na véspera aquele louco desabara. E tão sem forças quanto ele, igualmente exaurida e esmagada, tombei sobre a madeira dura e impiedosa.

"Isso faz 24 anos, e, mesmo assim, sempre que penso naquele momento em que, chicoteada pela ironia dele, fiquei exposta diante de mil pessoas estranhas, ainda sinto o sangue congelar nas veias. E volto a sentir, assustada, uma substância fraca, rala e gelatinosa que deve existir, isso que fanfarronando chamamos alma, espírito, emoção, o que chamamos dores, pois tudo isso, mesmo desmedido, não consegue rebentar inteiramente o corpo torturado – porque a gente supera essas horas com o sangue que continua a pulsar, em vez de morrer e tombar como uma árvore atingida por um raio. Só por um instante essa dor atravessou minhas juntas, fazendo-me cair sobre aquele banco sufocada, embotada e com uma sensação quase prazerosa de ter de morrer. Mas, como acabei de dizer, toda dor é covarde, recua diante do chamado mais forte da vida, mais solidamente instalada em nossa carne do que toda a paixão que nosso espírito possa ter pela morte. Eu mesma não entendo, depois de ter assim esmagados os meus sentimentos: mas sim, eu me levantei de novo, naturalmente sem saber o que fazer.

"De repente lembrei-me de que minhas malas estavam prontas na estação, e logo pensei em ir embora, embora, embora dali, daquele maldito inferno. Corri para a estação sem me importar com ninguém, perguntei quando partia o próximo trem para Paris; às dez, disse-me o porteiro, e imediatamente pedi minha bagagem. Dez horas! Então tinham-se passado exatamente 24 horas desde aquele horrendo encontro, 24 horas tão cheias de mudanças e sentimentos contraditórios que meu mundo interior estava destruído para sempre. Mas no começo eu sentia apenas uma única palavra naquele ritmo que martelava e se crispava eternamente: fugir, fugir, fugir! Meu sangue pulsava nas têmporas como uma cunha batendo: fugir! fugir! fugir! Fugir daquela cidade, de mim mesma, ir para casa, para a minha gente, minha vida antiga! Viajei a noite toda para Paris, de lá de uma estação a outra diretamente a Bolonha, de Bolonha para Dover, de Dover a Londres, de Londres para a casa de meu filho – tudo isso numa única fuga louca, sem refletir, sem pensar, 48 horas sem dormir nem falar, sem comer, 48 horas com todas as rodas só matraqueando esta única palavra: fugir! fugir! fugir!

"Quando finalmente, inesperada, entrei na casa de campo de meu filho, todos se assustaram; alguma coisa em meu jeito, em meu olhar, deve ter-me traído. Meu filho quis me abraçar e beijar. Eu me esquivei: era insuportável pensar que ele tocasse lábios que eu julgava infames. Fugi de qualquer pergunta, só pedi um banho pois era disso que eu precisava, tirar de meu corpo, com a sujeira da viagem, o resto da paixão daquele possesso, daquele indigno que ainda parecia grudado em mim. Depois arrastei-me até meu quarto no andar de cima e dormi doze, catorze horas, um sono de pedra, embotado, como nunca antes nem depois dormi, um sono que me mostrou como deve ser estar num caixão, estar morto. Meus parentes cuidaram de mim como se estivesse doente, mas esse carinho me machucava, eu tinha vergonha do respeito deles, de sua veneração, e sempre precisava tomar cuidado para não gritar de repente que eu os traíra, esquecera e abandonara por uma paixão louca e absurda.

"Depois, sem destino fixo, viajei para uma cidadezinha francesa onde ninguém me conhecia, pois estava perseguida pelo delírio de que a um simples olhar as pessoas poderiam ver em meu exterior minha vergonha, minha transformação, tanto eu me sentia traída e suja até o fundo da alma. Às vezes, quando acordava de manhã em minha cama, tinha um medo pavoroso de abrir os olhos. Dominava-me a lembrança daquela noite em que de repente acordara ao lado daquele ser humano seminu totalmente desconhecido, e depois só tinha um desejo, o mesmo daquela vez: morrer imediatamente.

"Mas afinal o tempo tem um poder profundo, e a idade, um singular domínio sobre todas as emoções. A gente sente a morte mais próxima, sua sombra escurece o caminho e as coisas aparecem menos nítidas, não perturbam tanto nossos sentidos e perdem muito de sua perigosa força. Aos poucos superei o choque, e quando depois de muitos anos certa vez em um grupo encontrei o adido da embaixada polonesa, um jovem polonês, e lhe perguntei sobre sua família, ele me contou que um filho de seu primo há dez anos se matara com um tiro em Monte Carlo – nem ao menos estremeci. Quase nem me doeu: talvez – por que negar o egoísmo? – tenha até mesmo me feito bem, pois então acabara o meu último receio, que era o de encontrá-lo novamente um dia: eu não tinha mais testemunhas contra mim, além da minha própria lembrança. Desde então fiquei mais calma. Envelhecer é apenas não ter mais medo do passado.

"E agora o senhor há de entender por que de repente desejei falar-lhe sobre o meu próprio destino. Quando o senhor defendeu Madame Henriette dizendo apaixonadamente que 24 horas podem determinar inteiramente o destino de uma mulher, senti como se estivesse falando de mim: e eu lhe agradeci interiormente porque pela primeira vez me senti confirmada. E pensei: se eu mesma desabafasse, tirasse isso da alma, talvez removesse o peso e a rigidez de estar sempre olhando para trás. Então talvez amanhã eu possa entrar naquele mesmo salão em que encontrei o meu destino, sem ódio dele e de mim mesma. Então estará removida de cima de minha alma essa pedra, pois agora desabou com todo o seu peso sobre o passado impedindo-o de se manifestar. Foi bom poder lhe contar tudo isso: sinto-me mais leve, e quase contente... obrigada por isso."

●

Com essas palavras ela se levantou subitamente, e senti que tinha terminado. Um pouco constrangido, procurei uma palavra. Mas ela deve ter sentido minha emoção e não me deixou falar.
– Não, por favor, não diga nada... Não quero que responda nem diga nada. Eu lhe agradeço por ter me escutado, e faça uma boa viagem.
Parou à minha frente estendendo-me a mão em despedida. Involuntariamente ergui os olhos para o rosto dela, e pareceu-me comovente e tocante o rosto daquela velha dama, postada diante

de mim ao mesmo tempo bondosa e um pouco envergonhada. Foi o reflexo da paixão antiga, foi a confusão que de repente fez arder as faces até a raiz dos cabelos brancos – mas estava ali como uma jovenzinha, como uma noiva perturbada pela sua lembrança, e constrangida pela confissão feita. Involuntariamente comovido, quis demonstrar-lhe meu respeito com alguma palavra. Mas minha garganta estava apertada. Então curvei-me e beijei respeitosamente sua mão murcha, que tremia de leve como uma folha de outono.

lepmeditores
www.lpm.com.br
o site que conta tudo

IMPRESSÃO:

PALLOTTI
GRÁFICA

Santa Maria - RS | Fone: (55) 3220.4500
www.graficapallotti.com.br